文春文庫

耳袋秘帖

南町奉行と酒呑童子

風野真知雄

文藝春秋

耳袋秘帖　南町奉行と酒呑童子●目次

耳袋秘帖　南町奉行と酒呑童子

序　章　落ちていた片腕

一

夕方から急に風が強くなってきた。

江戸の町全体が、ひゅうひゅうと音を立て、ときになにかが剝がれるようなめりめりという音があちこちで聞こえ始めた。まるで、町全体が、根こそぎ風に飛ばされてしまうのではないか——そんな恐怖さえ感じられるほどの嵐だった。

ただ、ふつうの嵐と違って雨はない。空は晴れ渡り、大気も乾いている。

こういうときに江戸がいちばん怖いのは火事である。

南町奉行根岸肥前守鎮衛《ねぎしひぜんのかみやすもり》は、すぐに奉行所の同心だけでなく、岡っ引きや番屋の町役人たちにも、火事に気をつけるよう通達を出した。

この通達は、内神田の白壁町《しらかべちょう》に家がある女岡っ引きのしめにも伝わっていて、しめは子分の雨傘屋こと英次《えいじ》とともに、火の用心の見回りに出ていた。

だが、しめの姿を見ると、見回りには思えない。

分厚い股引を二枚穿《は》き、布団のような綿入れのチャンチャンコの上に、根岸の真似をしてつくった毛皮の半纏《はんてん》を重ね着し、首ばかりか頭まで、長い襟巻でぐるぐる巻きにしている。なんだか、裕福なこつじきみたいである。

「親分、それは変でしょう」

と、雨傘屋は文句を言った。

「多少、変でも風邪ひくよりましだろ。風邪ひいて寝込んだりしたら、根岸さまのお役にも立てなくなるんだから」

「そりゃまあ、そうですが」

「だいいち、こんな日は誰も外になんか出やしない。みっともないこともないだろうが」

「はいはい」

恰好はひどくても仕事は真面目で、鍛冶町《かじちょう》から鍋町《なべちょう》、通新石町《とおりしんこくちょう》、須田町《すだちょう》とつづく大通り周辺をくまなく見て回り、いったん鍛冶町の番屋におさまった。今宵はもういっぺん見て回るつもりである。

「しめ親分、ご苦労さまで」

番屋の町役人が、熱い茶と、羊羹《ようかん》を一切れ出してくれる。こんなときの甘味は、舌がとろける思いがする。

一口ゆっくりと味わったとき、

「てえへんだ。人の腕が落ちてるぜ」

と、男が飛び込んで来た。

「人の腕だって?」

「ああ。つまずいて転び、てっきり大根かと思って抱えようとしたら、人の腕だったんだよ」

男は明らかに酔っ払っている。それは、やはり大根のほうだろう。

「なんだって拾ってこないんだよ」

と、しめは文句を言った。大根だったら、茹でて、味噌をつけて食べたい。

「気味悪いや」

「あんた、酔っ払ってるだろう? もういっぺん見てきな。大根だから」

「へっ。酔ってても、大根と人の腕の違いくらいはわかるわ」

「どこだよ?」

「この大通りの紺屋町《こんやちよう》に曲がるあたりだよ」

そこは、最初に回ったところで、それからだいぶ時間が経っている。

「しょうがねえな。案内しな」

しめは雨傘屋とともに見に行くことにした。

「どこだい？」

風が強くて目を開けるのも大変なうえに、火が危ないので提灯は使えない。

月は二十三日の半月《はんげつ》で、目を凝《こ》らせば明かりなしでも見えなくはない。

「そのあたりだったんですが」

「あれか」

道の真んなかになにかが落ちている。

「あれです」

見覚えのある物体が、ごろりと寝転んでいた。「あんた、起きなきゃダメだよ」

と、声をかけたい。

しめと雨傘屋は恐る恐る近づいて、それを見た。

まさしく人間の腕である。毛むくじゃらで、恐ろしく太い。指はなにかを摑《つか》むように半開きになっている。肘《ひじ》のあたりですっぱりと断ち斬られ、斬り口には血が滲んでいる。

「腕だね」

「腕です。左腕ですね」

「左腕があるとすると……」

しめは周囲を見回した。どこかに、右腕だの、あるいは首だのがあるかもしれない。遺体があってもおかしくはない。

「雨傘屋。探してみな」

「へえ」

しめもいっしょに周辺を探したが、なにも見つからない。

とりあえず、手ぬぐいにくるんで、番屋に持ち帰った。

「げっ。本物ですか？」

町役人は、袂《たもと》で口を押さえながら、土間に横たえられた腕を見て訊いた。

訊かれたが、二人は触る気がしない。

「親分、細工物かもしれませんよ」

「検死の役人を呼んで見てもらわなくちゃな」

しめはそう言って、番太郎を見た。

「へえ。行ってきますよ」

番太郎は嫌そうに言った。この風に、提灯も使えないのだから、嫌な顔をするのは仕方がない。

「気をつけなよ」

しめがそう言ったときである。

不気味な気配を感じた。途轍《とてつ》もなく恐ろしいものが、迫って来ている感じだった。

「なんだ？」

しめが腰を上げかけたとき、

どーん。

と、番屋が大きく揺れ、戸が吹っ飛び、巨大ななにかが番屋のなかへ飛び込んできた。

「うわっ！」

番太郎が飛ばされ、しめたちも腰を抜かすようにひっくり返った。

なにが起きたかもわからない。

呆然とし、しばらくして、ゆっくり身を起こすと、四輪の荷車が、番屋のなかにあるのがわかった。

「これが飛び込んで来たんだ」

と、しめは言った。

「親分、あの片腕が……」

「片腕がどうした？」

「なくなってます」

「ほんとだ」

さっきまで土間に転がしておいた片腕が、いまはどこにもない。

「はっきりはわかりませんが、荷車が飛び込んで来たとき、誰か乗っていたような気がします」

と、雨傘屋は言った。

「たしかに」

しめも一瞬だが、巨大な人影らしきものを見た覚えがある。

「まさか取り返しに来たのかい？」

「それじゃあ、まるで、渡辺綱《わたなべのつな》に腕を斬られた酒呑童子《しゅてんどうじ》ですよ」

そう言った雨傘屋の顔は真っ青だった。

二

翌朝——。

まだ風は強かったが、しめと雨傘屋は、南町奉行所へ向かう途中に、昨夜、人の腕が落ちていたあたりを見に行った。

すると、そこにはべっとりと血が滲《し》みた跡ができていた。

「これ、見なよ」

「ええ」

「半端《はんぱ》な出血の量じゃないよ」

「ですよね」

「やっぱり本物だったんだ」

それからしめと雨傘屋は、急いで根岸の私邸に行くと、昨夜の奇妙な話をした。

「ほう。巨大な腕が落ちていて、それを奪われたとな」

「不思議な話でしょう、お奉行さま」

「酒呑童子みたいだな」

根岸は同じことを言った。

と、そこへ——。

町回り同心である椀田《わんだ》豪蔵《ごうぞう》が飛び込んで来て、

「お奉行。先ほど竜閑川《りゅうかんがわ》の地蔵橋の下で、浪人者の死体が見つかりました」

と、告げた。

「竜閑川？」

しめが根岸を見て、

「根岸さま。昨夜、片腕が落ちていたところと、そう遠くはありませんが」

「うむ」

と、根岸はうなずき、報せてきた椀田に訊いた。

「その者は、腕を斬られてはいなかったか？」

「いえ。斬られたのは肩口だけで、ほかに斬り傷などはありませんでした」

椀田の返事にしめはホッとした顔をした。

どうやら昨夜のできごととは、関わりはないらしかった。

第一章　妖怪かまいたち

一

昼になっても強風はつづいていた。

やはり雨の気配はなく、空は晴れ上がっている。

幸い昨夜は、厳重な警戒のおかげもあって、火事は出さずに済んだ。湯屋とか、食いもの屋のなかには、営業を休んだところもあったが、二日つづけてというわけにはいかないだろう。今日は営業を始めるとなれば、町方や町内の番屋の警戒は、ますます強化しなければならない。

宮尾玄四郎《みやおげんしろう》と椀田豪蔵《わんだごうぞう》は、竜閑川《りゅうかんがわ》の地蔵橋に来ていた。

浪人者の遺体が見つかった件で、根岸からさらに詳しく調べるようにと命じられたからである。

「しめさんは、片腕の件と関係がないと思ったみたいだったけど……」

と、宮尾は言った。

「わからねえよな。もしかしたら、二人が戦って、片方は片腕を斬られ、地蔵橋のところで見つかったほうがばっさりやられて死んだのかもしれねえ」

椀田が言った。

「そういうこと。お奉行もそれを疑っているから、わたしたちに調べさせることにした」

「だが、片腕を斬られたほうが、あれだけ見事に一刀のもとに斬っているってえのは、考えにくいけどな」

「それはそうだけど、戦ったのは一対一とは限らないからね」

「そうか」

「ふつうの晩なら、足跡で見当がつくかもしれないが……」

「この風じゃあ、足跡なんざ吹き飛んでるわな」

遺体は紺屋町の番屋に置いてある。

椀田は朝方も見ているが、宮尾とともにあらためて詳しく検分した。

「歳のころは三十前後か」

椀田は手帖と筆を持ったまま言った。

「そうだな。四十まではぜんぜん遠いだろうな」

と、宮尾はうなずいた。

「月代《さかやき》はだいぶ伸びた総髪《そうはつ》、ということは、浪人になって長いわな」

「そうだね」

「鍛えた身体だし、武芸もやっていたようだな」

「同感だね」

「それが、ここまでばっさりやられるのだから、よほど腕の立つ相手だったんだろうな」

椀田がそう言うと、

「刀に刃こぼれはなかったかい?」

と、宮尾が訊いた。斬り合えば、どんないい刀でも、刃こぼれはできるのだ。

「今朝方、見たところではなかったがな」

そう言って、椀田はもう一度、刀を抜き、刃に光を当てるようにすると、

「あれ?」

刃の先のほうに目を近づけた。

「やっぱり刃こぼれか?」

「そうじゃねえ。これを見てくれ。血脂ではないが、なにかついてるな」

「なんだ、これ？」

と、椀田は指でその汚れらしきものをぬぐった。

「どれ……ほんとだ、これは蠟だな」

「蠟《ろう》みたいだがな」

「ほんとだ」

「ろうそくでも斬ったか」

「あの強風のなかで提灯か？」

「提灯をつけてたとは限らねえ。つけずに持っていた提灯を、ひょいとこの浪人者に投げつけた」

「浪人者は咄嗟に刀を抜いて、この提灯を斬った」

「だが、それを見切って、相手は刀を抜き、袈裟懸《けさが》けにばっさりと……」

「そういうことか」

と、宮尾も納得した。

さらに二人は、指の爪から、足のかたちまで詳しく見ていたが、

「それにしても、こいつはかなり洒落者《しゃれもの》だぜ」

と、宮尾は言った。

「そうかね」

椀田はお洒落などには無頓着《むとんちゃく》である。

「細いけど、赤い縞が入っているだろう。こういう着物は、宮仕えをしていたら、なかなか着られないぜ。ということは、浪人してから買ったのかもしれない」

「ほう」

「だが、ある程度着込んだものだから、古着屋で買ったんだろうな」

「なるほど」

「それにしても、これは安いものではないから、金には困ってなかったのかもしれないな」

「では、身元を調べるのに、柳原の古着屋で訊いてみるか？」

「いやあ、古着屋なんか自分のところで売ったとはわかっても、買い手の身元まで訊いたりはしていないよ」

「そうか」

とりあえず、内神田の番屋の町役人に来てもらい、顔を確認してもらうことにした。

ところが、誰一人、見覚えがある者はいない。

「大伝馬町《おおでんまちょう》、小伝馬町《こでんまちょう》、本銀町《ほんしろがねちょう》、本石町《ほんごくちょう》まで、広げるか」

ということで、その四町の町役人にも来てもらったが、いずれも首を横に振るばかりである。

「範囲を広げるかい？」

宮尾が訊いた。

「だが、こんなときだぞ。番屋の連中も忙しいだろうしな」

強風のせいで、寝ずの番をつづけた者も多いはずである。余計な仕事を押しつければ、強風の警戒がおろそかにならないとも限らない。

「そうだ、椀田。ここらの口入屋に見てもらってはどうだ？　浪人者なら、仕事を見つけるのに、口入屋に頼むはずだぜ」

「そりゃあ、いい」

界隈《かいわい》の口入屋のあるじに来てもらい、顔を確かめさせた。

だが、こちらも誰も見覚えはなかった。

すでに日が暮れかけている。今宵も強風はおさまりそうもない。となれば、椀田と宮尾も、火事の警戒のほうを優先させなければならない。

「うむ。浪人者が、強風のなかをわざわざ遠くから来るかな？」

椀田は焦りを覚えながら言った。

「来ないよね」

宮尾はこんなときでも、どこかのんびりした口調である。

「じゃあ、なんだ？　しかも、昨夜はあの界隈の飲み屋などは、どこも閉まっていた。酒を飲みにうろついていたのでもない」

「もしかしたら、わたしたちといっしょだったのかもしれない」

「どういう意味だ？」

「強風を警戒するのに歩いていたのかも」

「ということは？」

「どこか、大店の用心棒にでも雇われていた？」

「いいところを思いついたな、宮尾」

椀田はにやりと笑った。

二

この晩――。

土久呂《どくろ》凶四郎《きょうしろう》と岡っ引きの源次《げんじ》は、両国橋西詰界隈《りょうごくばしにしづめかいわい》を回っている。

火が出るとしたら、武家屋敷や寺より、ごちゃごちゃした町人地が多い。密集しているので、小さな火がたちまち燃え広がってしまう。とくに繁華街は危ない。戸は閉めたが、なかで火を熾《おこ》し、酒の燗をつけている店はかならずある。

「お前のおふくろのところも、休んでるのか？」

歩きながら凶四郎は訊いた。源次の母親は、浅草の風神雷神門《ふうじんらいじんもん》の近くで、小さな飲み屋をやっている。

「いや、昨日は休みましたが、常連さんに申し訳ないと、今日は開けるそうです。そのかわり、火はいっさい使わず、酒は冷や、肴は漬け物だけと言ってました」

「そうだよな」

「確かにこれで小火《ぼや》でも出したら、あっという間に燃え広がるでしょうからね」

「明暦《めいれき》の大火《たいか》の再来だろうな」

それは町方としても、なんとしても防がなければならない。

両国橋西詰をくまなく見て回り、浅草橋を渡って左衛門河岸《さえもんがし》界隈を回り、それから柳橋のほうへとやって来た。

ここら一帯も、火の用心を呼びかける番屋の者が見回りをしている以外は、静まり返っている。町役人に訊くと、湯屋も昨日につづいて休むところが多く、やっていても早々と終《しま》い湯にしたらしい。

飲み屋なども店を閉めていて、常連だけを入れているところも、さすがに表の提灯や行灯《あんどん》は出していない。

そのかわり、風の音はやけに鳴り響いている。

大川が見えるところに出た。強風のせいで白波が立っているのも見えた。なんだか、合戦が終わったあとの戦場みたいに、荒涼たる光景である。

「旦那！」

源次が緊迫した声で言った。

「どうした？」

「悲鳴が聞こえます」

「なに？」

凶四郎も耳を澄ました。

「ほんとだ」

だが、強風のため、声は千切れ、方角がわからない。

「どこだよ？」

「あっちです」

源次のほうが耳がいい。

強風のなかを走った。凶四郎の着物の裾《すそ》が、尻が見えるほどめくれ上がる。さぞやみっともない恰好になっているのだろうが、それどころではない。

「あそこです！」

「どうしたんだ？」

路上で四人の男女がくるくると回っていた。強風が吹きすさぶなか、小さな竜巻でも起きているのかもしれない。

「うわぁあ」

「かまいたちだ！」

凶四郎と源次が近づくと、男女は皆、地面にひっくり返った。

「おい、大丈夫か」

三人は仰向けにひっくり返っていて、皆、無事だとわかるが、一人だけ、若い男がうつ伏せに倒れている。なにか呻《うめ》いているらしい。

「怪我でもしたのか？」

助け起こすようにすると、男の二の腕から血が出ている。

「かまいたちにやられたみたいです」

「かまいたちだと？」

「真っ黒い、いたちみたいなやつにまとわりつかれました」

「ほんとか、おい？」

話には聞いていたが、じっさいにいるとは思わなかった。

「あたしも見た。ほんとにいましたよ。怖かったの、なんのって」

わきに倒れていた女もそう言った。女は、髪がくしゃくしゃになったうえに、黒い炎のように逆立っていて、凶四郎はつい、

「お前も相当、怖いぞ」

と、言ってしまった。

周囲を見回すが、獣らしきものは見えない。

「旦那!」

源次が呼んでいる。

「なんだ?」

「あっちでも誰かが悲鳴を上げてますぜ」

「え?」

耳を澄ますと、確かに男の断続的な悲鳴が聞こえている。

三

声のしたほうに来て、

「ここだったな?」

「ええ」

こじゃれた一軒家である。小さな庭もついている。ここらは、塀を回した一軒家とか、黒板塀《くろいたべい》の料亭が並んでいて、悲鳴が聞こえた家には、塀はなく、低い生垣で囲われているだけだった。

「おい、どうかしたのか？」

さっきまでの声はもうしていない。

戸がなかから閉められている。

家の周囲を回ると、二か所ほど窓があるが、どちらも格子が嵌まっていて、障子戸を開けても、なかは真っ暗でなにも見えない。高いところにも小さな窓が二つ、こちらは開いているようだが、そこからは入れそうもない。

「しょうがない。戸を叩き壊そう」

凶四郎は足で蹴った。だが、しっかりした造りで、足を痛めそうである。

「おいらが」

と、源次が体当たりしたが、瘦せ気味の源次では重みが足りないらしい。

「あれを使おう」

庭に小さな池があり、そのほとりに沢庵《たくあん》石ほどの石があった。それを持ってきて、戸の端に、何度か叩きつけると、ようやく戸が外れた。ずいぶん頑丈な戸にしておいたものである。

だが、差し込む月明かりくらいではなにも見えない。

「どうした？　誰かいるのだろう？」

凶四郎は声をかけるが返事はない。人が動く気配もない。

「しょうがねえ。明かりをつけよう」

「わかりました」

源次が今日は念のために持って来ていた火打ち石と鉄を出し、やはり持参した火口《ほくち》もいっしょに持って、石に鉄の棒を打ちつける。鉄の火花が飛ぶが、火口が湿っているのか、大きな火にすると危ないという気持ちがあるからか、なかなか火がつかない。

「すみません」

「この風だ。しょうがねえよ」

「もしかしたら、火鉢の熾《お》きがあるかもしれませんね」

源次はそう言って、手探りでなかの部屋に入って行き、しばらくごそごそした挙句、

「ありました。ちょっと待ってください」

熾きを使って、持参していたろうそくに火をつけた。部屋が明るくなるが、ろうそくの火も壊した戸口から吹き込む風で、消えそうになる。

なかを見回した源次が、

「ひどいことになってますぜ」

と、呆れたように言った。

凶四郎もなかに入り、

「なんてこった」

目を瞠《みは》った。

部屋じゅうが散らかり、ずたずたに傷ついている。

襖があり、次の部屋に入ると、真んなかで男が倒れていた。

「おい、しっかりしろ」

凶四郎が声をかけるが、明らかに死んでいる。

男は、全身、切り傷だらけだった。かなりの歳で、おそらく八十近いのではないか。頭は禿げあがって、その頭にも傷がつき、血が流れていた。

「これもかまいたちでしょうか？」

源次が、珍しく怯《おび》えた顔で訊いた。

四

明け方になって、ようやく風が熄《や》んだ。

凶四郎が奉行所にもどって、根岸の私邸のほうに顔を出すと、根岸をはじめ、宮尾としめ、雨傘屋がいて、皆、疲れてはいるが、ホッとした顔をしていた。

凶四郎は、食卓の席に着くとすぐ、

「お奉行。じつは、このようなことが……」

と、かまいたちで人が死んだことを告げた。ここにいる人たちは、食事の席で、凶悪な人殺しの話や、凄惨な事故の話を聞くことに慣れてしまっている。だからといって、人間の感情を失っているわけではないのだが。

ざっと話を聞き終えて、

「身元はわかったのか？」

根岸は凶四郎に訊ねた。

「だいぶ前からそこで隠居暮らしをしていて、飯の世話などは近所の長屋の女房が、やっていたみたいです」

「金が奪われていたりすることは？」

根岸が訊いた。

ということは、かまいたちのしわざとは思っていないのか。

「目立つところにある引き出しに、小判や銀貨などが、三両分ほどありました。おそらく金目当ての殺しなどではないかと」

「ふうむ」

「確かに上にある窓が二か所開いていて、風が吹き抜けた形跡はあります。なかで渦を巻いたりもしたでしょう」

「じっさい、その前に、風で身体がくるくる回っている男女も見かけました」

「そうなのか」

さっきは言わなかったその話を聞くと、根岸の顔つきが変わった。

「ふうむ。かまいたちとな」

根岸の顔に、かすかな笑みのような表情が浮かんで消えた。

「そういえば、御前もお書きになっていましたね」

と、宮尾が言った。

「そうじゃな」

かまいたちについては、根岸が『耳袋』に記していた。

それは、〈旋風怪のこと〉と題された、こんな話である。

俗にかまいたちというものがあり、つむじ風に巻き込まれて怪我をしてしまうのだという。わたしが知っている者にも、同様の体験をした者がいて、そのことについて、ある人が語ったことがある。

弓術で名の知れた人で、与力に召し抱えられた安富運八《やすとみうんぱち》の子に、源蔵《げんぞう》と源之進《げんのしん》という二人がいた。

「だろうな」

二人が幼少のころ、門前が加賀屋敷原であったので、その原でよく遊んでいた。あるとき、父の運八が通りかかると、二人の子がつむじ風に巻かれて回っているではないか。声をかけたが、答えもなく、ひたすら回っているので、飛びかかり、二人を引っ張り出して、役宅へ連れ帰った。

上の子は黒い小袖を着ていたが、そこにねずみの足跡のようなものが一面についていたので、打ち払った。

末の子は木綿の衣服であったので、跡がついていなかったという。

かまいたちという獣は、ねずみやいたちのようなもので、風の内側にいるのだろうか。つむじ風に巻かれると、このようなことがあることを、人は知らないのではないかと、安富運八は語ったそうである。

「でも、お奉行さま。かまいたちの話はよく聞きますよ」

と、しめが言った。

「つむじ風は、誰もが見たことがあるし、じっさいにあるわな。わしも、佐渡にいたとき、その日にかまいたちにやられたと言う地元の民と話したことがある」

「やはり傷が？」

「ついていた」

「では、やはり、いるのでしょうか？」

しめは怯えた顔で訊いた。

「目に見えぬ妖怪が、か？」

根岸の顔に斜めの笑いが見えている。ということは、妖怪のしわざではないと思っているのだ。

しめもそれに気づいて、

「違いますよねえ、ふっふっふ」

と、笑った。

「わしが話を聞いた者は、金山《きんざん》の番士でな。冷たい海風に、いつもさらされておった。それで、つむじ風に巻かれた際、ひびやアカギレに、飛んできたなにかが当たって、傷ができたのではないか」

「なるほど」

一同がうなずいた。

「であれば、小袖に足跡がついたりはせぬわな。つまり、わしが『耳袋』に書いた話にも、おそらく裏がある」

「ははあ」

「じっさいの遺体のほうは、土久呂が調べるとして、宮尾、こっちの話を改めて調べてみる気はないか？」

「地蔵橋のところで見つかった浪人者の件はどうしましょう？」

「とりあえず椀田一人にやっていてもらえばいい」

「わかりました。ただ、だいぶ前の話ですよね？」

「うむ。安富運八はすでに亡くなっている。二人の息子もだいぶ成長した。弟のほうは、じつは弓の腕を買われて、播磨《はりま》龍野藩《たつのはん》の藩士の家に養子に入ったらしい。むろん、名は変わって若菜《わかな》源之進《げんのしん》というそうだ」

「龍野藩というと、脇坂《わきさか》さまのところですね」

「そうなのさ。であれば、そなたも話を訊きやすかろう」

「そういうことでしたか」

宮尾は、脇坂に気に入られているのだ。

根岸はそこを見越して、宮尾にこの仕事を振ったのだろう。

――ということは、けっこう面倒な調べなのではないか。

宮尾はちらりとそう思った。

五

宮尾玄四郎は一人で龍野藩邸にやって来ると、正門横の門番に声をかけた。

「若菜源之進どのにお会いしたいのだが」

「どちらさまで？」

「根岸肥前守の家来で、宮尾玄四郎と申す」

「少々お待ちを」

と、門番は連絡に走ったのだろう。しばらくしてもどって来たが、

「そのような方は、存じ上げないので、お会いすることはできないという返事でしたが」

「そうなのか」

まさか、そんな返事が来るとは思っていなかった。

しばし考えて、

「では、殿さまはおられるか？」

「おられるが？」

「では、同じ名を告げていただきたい。宮尾がお会いしたいと」

「少々お待ちを」

今度は怪訝《けげん》そうな顔でいなくなったが、まもなくもどって来て、

「どうぞ、お入りを」

と、正門横のくぐり戸を開けた。

玄関のところで門番から若い武士の案内に替わり、奥に通された。

「よお、宮尾。気が変わって、わが藩に勤める気になったのか？」

龍野藩主の脇坂淡路守《わきさかあわじのかみ》が、いつもながらの快活な笑みを見せて言った。

「いえ、残念ながら、別の用事でして」

「なんだ？」

「じつは、かまいたちのことなのですが……」

と、宮尾は要件を告げた。

「え？　『耳袋』に載っていたかまいたちの話に出てくる少年が、当藩に？」

「そのように、根岸は申しておりましたが」

「名は？」

「若菜源之進どのと」

「若菜か！　江戸藩邸にいるぞ」

「はい」

「弓の名手だ。そうか、それで宮尾は、手裏剣の腕試しに、若菜と対決でもするつもりか？」

「滅相もない」

「かまいたちの話を聞きに？」

「はい。ですが、お会いすることはできないと断られまして」

「大丈夫じゃ。その話なら、わしも詳しく聞きたい。若菜を呼んでまいれ」

脇坂は、案内した若い武士に命じた。

まもなく、

「殿。お呼びだそうで」

と、現われたのは、身の丈は六尺（約一八二センチメートル）どころではない、六尺三寸（約一九一センチメートル）ほどはあるのではないか。しかも、肩のあたりはこぶりの西瓜《すいか》でも入れたのではないかと思うくらいに盛り上がっている。

「若菜。こちらは、南町奉行根岸肥前守の家中の者で、宮尾玄四郎という者だ」

脇坂がそう言うと、

「あ」

若菜は気まずそうに宮尾を見た。

「先ほどは失礼いたしました」

と、宮尾は頭を下げた。

「あ、いや」

若菜は顔を赤らめた。

「そなた、かつて、かまいたちに遭ったことがあるそうじゃな？」

「だいぶ昔のことでして」

「どれくらい前だ？」

「もう十四、五年ほどには」

「それくらいなら、つい先日だ。覚えておるだろう。当日のことを詳しく話せ」

「それが……」

若菜はつらそうに顔を歪めた。それは宮尾が、古い話を訊きに来たことを申し訳なく思ったほど、胸に迫る表情だった。

「どうした？」

かまわず脇坂は問い詰める。

「あれは……」

「あれは？」

「狂言だったのです」

「狂言だと？」

「申し訳ありません！」

若菜は両手をついて、詫びた。

「詳しく申せ」

と、脇坂は言った。

「はい。じつは、あの日から数日後に、わたしたち兄弟は、学問所で特例として開かれる武術大会の弓の部に出場することになっていたのです。わたしたちは、弓の実力者であった父に、幼少のころから教えられ、実力はかなりのものになっていました。ただ、父の期待が重過ぎて、いざというときは緊張し過ぎてしまい、まるで実力を発揮することができなかったのです。このときも、まったく自信はありませんでした」

若菜がここまで言うと、

「だいたい読めてきたわな」

と、脇坂はうんざりした顔をしたが、

「まあ、最後まで話せ」

先を促した。

「どうしたらいいかと、わたしは兄と相談していました。二人でどこかに逐電《ちくでん》しようかとさえ考えたほどでした。そして、あの嵐が来たのです。わたしたちは、どちらからともなく、この嵐を利用しようと言い出し、あのつむじ風に巻かれて、かまいたちに襲われるという狂言を思いついたのです。かまいたちのことは、友人から聞いて知っていました。わたしたちは、外に出て、父の帰りを待ち、父の姿が見えたとき、くるくると回って、あの狂言を始めました。父は、わたしたちがあとでひそかに笑い合ったほど、仰天し、動揺しておりました」

「かまいたちの足跡のことはどうしたのだ？」

「あれは、ただ、煤《すす》を適当になすりつけておいただけです。根岸さまの『耳袋』には書かれていなかったのですが、兄のほうは身体じゅうに引っ掻き傷をつくり、二人とも身体が痛むと言っていたのです」

「それで、目的は達成したのか？」

「ええ。結局、武術大会を休むことはできませんでしたが、もともと実力はありましたから、緊張しても、兄もわたしも年齢別の部でそれぞれ二位の成績を挙げました。父も、あのようなことがあったあとで、致し方あるまいと、一位になれなくとも、怒ることはなかったのです」

「そうか」

「ただ、父の稽古はさらに厳しさを増し、わたしがそれから逃れることができたのは、若菜の家に養子に入ってからです。皮肉なことに、父の稽古から逃れてから、わたしの弓の腕も各段に上達したのですが」

「そんなことがな」

と、脇坂はうなずき、

「宮尾。若菜もつらいことを話したのだろう。まあ、そんなことで勘弁してくれ」

そう詫びさえした。

「ははっ。ご勿体《もったい》ない」

宮尾も恐縮し、早々に退散したのだった。

六

一方、椀田豪蔵だが――。

今日は宮尾が、根岸に頼まれた調べごとがあるというので、椀田一人で浪人者の身元を調べることになった。

まずは、紺屋町の番屋に、もう一度、遺体を見に来た。

「まだ、身元はわかりませんか？」

紺屋町の町役人が、困った顔で訊いた。

水に浸かった遺体を、いつまでも置いておきたくないのだ。

「まだだな」

「明日くらいには、茶毘《だび》にふすわけにはいきませんか？」

「身元がわかるまでは駄目だな」

「では、せめて油紙で包んでも？」

いまは、ただ筵《むしろ》をかけてあるだけである。

「いいだろう」

とうなずき、椀田はもう一度、じっくり遺体を点検した。

──ん？

足にマメができていた。昨日は気がつかなかった。洒落者という宮尾の推測に感心して、足の裏まで気が行かなかったのだ。

──遠くから出てきたのではないか。

ということは、遠くから出てきてすぐに、用心棒に雇われたことになる。あるいは、遠くで雇われて、江戸に来たのかもしれない。であれば、ここらの口入屋を通していないのは当然である。

──例えば、京大坂などに本店があり、江戸店で用心棒をするためにやって来たとか……。

椀田はその筋で探ってみることにした。

番屋からもすぐのところに、その名も〈大坂屋《おおさかや》〉という、塗り物問屋があった。

さっそくここに顔を出した。

「ちと訊くがな」

椀田が近づいただけで、手代は緊張する。同心の恰好だけでなく、巨大な体軀《たいく》に圧倒されるのだ。

「なんでしょう？」

「ここで、用心棒を雇っているよな？」

「用心棒ですか？」

「いるだろう？」

「いいえ。そんな人は……」

「嘘を言うと、ためにならねえぜ」

「嘘じゃありません」

「わかった」

椀田は踵《きびす》を返した。いつまでも震えていると可哀そうなので、一度振り向いて、にっこり笑ってあげた。

それから椀田は、いかにも京大坂と縁がありそうな大店ののれんを分けては、ここで用心棒は雇っていないかと訊いて回った。

しかし、用心棒など雇っている店などはまったく見つからなかった。

だいたい、浪人者を雇うなどというのは、よほどのことではないか。下手したら、危ない人間をなかに入れ、曲者《くせもの》の手引きをされることだってあり得るのだ。

「こりゃあ、宮尾の勘違いかな」

椀田はひとりごちた。

本銀町から本石町を回り、十軒店《じっけんだな》にでた。

ここから南は、江戸でも屈指の大店が軒を並べる通りである。

それでも、用心棒を雇う店は見つからない。

今日はここで最後にしようと、前に立ったのは、「宇治茶専門」とか「一流抹茶煎茶取り扱い」といったのれんが目立つ茶問屋〈夕霧屋《ゆうぎりや》〉だった。

「ちと訊くがな」

つかまえたのは若い手代である。

「は、はい?」

「ここに用心棒がいるよな?」

「……」

「聞こえたのか? 用心棒がいるだろう?」

「わたしにはちょっと」

「なんだ?」

「奥のことはわかりませんので」

「怪しいな」

椀田は口に出して言った。

「番頭を呼んできます」

「早くしろ。そろそろ店仕舞《みせじま》いだろう」

「はい」

手代は奥に行き、番頭を呼んで来た。

四十代後半といったところか、揉み手をしながら近づいてきたが、つくり笑いがどことなく強張《こわば》っている。

「なにか、お訊ねで？」

「この店では用心棒を雇っているよな？」

「ああ。雇うこともあります」

「雇うことも？」

「手前どもは、京の宇治茶のなかでも最良の品を扱っておりまして、大名家にもお得意さまが多いため、なにかあったら大変なのでございます。それで、そういう茶を運んで来るときは用心棒を雇ったりいたします」

「とすると、用心棒は向こうで雇うのか？」

「さようでございます」

「いまもいるのだな？」

「いいえ。いまは、新茶を運ぶ時季ではございませんので」

番頭はそう言ったが、なにか隠しているような態度である。

「ちと、遺体を見てくれ」

「遺体ですか？」

「うん。紺屋町の番屋に置いてある。来てくれ」

椀田は有無を言わせない。

速足で紺屋町の番屋まで連れて来ると、

「この男だ。見覚えがあるだろう？」

と、筵を上げた。

番頭は離れて立ったままである。

「もっと、こっちに来て、これを小判だと思ってよく見ろ」

「そんなことを言われましても……知りません。見たことがありません」

番頭は真っ青な顔で、首を激しく横に振った。

七

土久呂凶四郎は、いつもより早めに起きて、柳橋近くのかまいたちで死んだ隠居の家に向かった。源次ともここで待ち合わせてある。

凶四郎が行くと、検死役の市川一岳《いちかわいちがく》がまだ残っていて、

「おう、来たか」

と、言った。

「なんだか、久しぶりですね」

「ここんとこ、句会でも行き違いだからな」

凶四郎を、よし乃《の》の句会に誘ってくれたのはこの市川で、そのあと、よし乃といい仲になった凶四郎にとっては、恩人ともいえる。市川も、薄々はよし乃と凶四郎のなかを勘づいているらしい。

「一句できましたか？」

「かまいたちでか？」

「ええ」

「おいらはそこまで不謹慎な句は詠まねえよ」

と、市川は笑った。

「それで、この遺体なんですが？」

「これがかまいたちの傷かと訊かれても、おいらにはわからんよ。なんせ、かまいたちで死んだ遺体なんか見たことがないからな」

「ですよね」

「だが、これが刃物で斬られた傷だったとしても不思議はないよな」

「そうですか」

「ただ、小さい傷はいっぱいあるが、致命傷になった傷はない」

「ということは？」

「恐怖のあまり、心ノ臓が止まったのではないかと、おいらは見た」

「恐怖ですか」

「もしも、本当にかまいたちを見たなら、さぞや怖かっただろうな」

「……」

つまりは、かまいたちにやられたとしても、不思議はないらしい。

「じゃあ、またな」

と、市川が帰ると、

「旦那。隠居の食事や洗濯の世話をしていたのは、おはまという近所の長屋の女房です。おはまは、あっしらが帰ったあとにやって来て、町役人から隠居が亡くなったことを告げられると、呆然となって帰って行ったそうです」

源次が言った。

「長屋はわかってるのか？」

「さっき、ちらっと行って来ました。まだ若いです。亭主は大工で、先日、隠居の家の戸を頑丈なものに作り変えたのは、おはまの亭主だったそうです」

「じゃあ、おれも行ってみよう」

と、下平右衛門町《しもへいえもんちょう》の裏店《うらだな》に向かった。

おはまはまだ十八だという。小さな力士のような身体つきをして、いかにも気の強そうな顔立ちである。

「ご隠居は、どうも、かまいたちで亡くなったみたいなんだがな」

凶四郎がそう言うと、

「かまいたちなんか、ほんとにいるんですか？」

と、呆れた顔をした。

「信じてないのか？」

「信じませんよ。あたしは、かまいたちはもちろん、河童も天狗も鬼も幽霊も信じていませんから」

と、おはまは怒ったように言った。

「なんで信じない？」

「あたしは、子どものころに両親を水の事故で亡くしたんです。それで、幽霊でもいいから会いに来てと、どれだけ願ったことか。二人を葬ったお墓にしょっちゅう行っていたこともあります。でも、両親は幽霊にもなってくれません。それから、あたしは目に見えないものは、やっぱりいないんだって、思うことにしたんです。かまいたちだの河童だのも、よく話に聞くわりには、あたしは見たことはありません。だから信じないんです」

「ほう」

「これは言うなと、大家さんからたしなめられるんですが、正直言うと、神さまも仏さまも信じていません」

おはまはそう言うと、ぷんとそっぽを向いた。そのようすには、やはりどこかでは、神さまか仏さまを信じたいのだという気持ちが感じられた。

しかし、そうした微妙な気持ちには触れずに、

「なるほどな。では、隠居はなんで死んだのだと思う？」

と、凶四郎は訊いた。

「あたしは、ご遺体を見ていないのですが、ほんとに切り傷はあったのですか？」

「身体じゅうにな」

「では、殺されたんだと思います」

「誰に？　ご隠居を恨んでいるような人がいたのか？」

「それは知りません」

「金は、引き出しのなかに入っていた。盗人だったら、見逃すわけはないぞ」

「人殺しが金目当てとは限りませんよね」

「なるほど、なるほど」

凶四郎は、この若くて、気の強い娘と話すのが、なんだか面白くなっている。

「ご隠居さんは、さっきもこちらの親分さんに言ったように、戸を頑丈なものに替えました。それはたぶん、なにかに怯えていたからだと思います」

「なにかとは？」

「わかりません」

「ご隠居さんの名前は？」

「たぶん、喬蔵《きょうぞう》さんかと。ほとんどご隠居さんで済ましてましたので」

「以前はなにをしていた？」

「番頭さんだったみたいです」

「どこの店の？」

「ご隠居さんが、隠居したのは十年くらい前だと言ってました。わたしがここに来るずっと前ですので……」

「わかるわけないか」

「ただ……」

「ただ、どうした？」

「ちょっと待ってください。この前、なにか変だと思ったことがあったんです」

と、考え込んだので、

「ああ、焦らなくていい。ゆっくり考えるんだ」

凶四郎がそう言うと、源次もおはまのことを面白い女だと思ったらしく、

「頭が回るように饅頭でも買ってきましょうか?」

と、言った。そんな気づかいをするのも珍しい。

「そりゃあ、いい」

凶四郎も賛成し、三人分の甘いものを買いに行かせ、おはまには白湯《さゆ》を入れてもらった。

「ところで、町方に女の岡っ引きがいますよね?」

おはまは、白湯を入れながら、遠慮がちに訊いた。

「ああ、しめさんだろ」

「あたし、しめ親分が大好きなんですよ」

「大好き?」

「というか、尊敬してるんです。一度なんか、そこんとこでお見かけして、思わず後ろからついて回ったくらいです」

「ほう」

「しめ親分が十手《じって》を預かるまでは、ずいぶんご苦労なさったんでしょうね?」

「そうだな。それに、しめさんでなければ、やれないこともいろいろあるし、お奉

行にも可愛がられているしな」

「そうなんですか。凄いですねえ、しめ親分」

「しめさんのどこがいいんだい？」

　凶四郎はからかい半分に訊いた。

「様子がいいですよ」

「様子が？」

　凶四郎からしたら、どこをどう見ても、ふつうの中婆《ちゅうばあ》さんである。

「しめ親分は、十手を右に差しているんですよ。ふつう、親分さんは、刀みたいに左に差しますよね」

「言われてみたら、そうだな」

「でも、しめ親分は、右に差した十手を右手でこうやって、すっと抜くんですよ。もう、あのしぐさを見たら、ほんと、しびれますよ」

　おはまは、まるで役者のしぐさを語るみたいに言った。これをしめに教えたら、どれほど喜ぶことか。

　そこへ、源次が饅頭を持って、もどって来た。

「あ。向こうの〈川田屋《かわだや》〉の黒饅頭ですね。大好きなんですよ」

「ああ、甘いもので、思い出してくれ」

おはまは、一口食べて、

「そうだ。思い出しました」

「てきめんだな」

「ご隠居さんは、こう言ったんです。恐ろしく大きな男を見かけたら、すぐにあたしに教えてくれ、すぐにだぞって」

八

「ほう。隠居が大きな男に怯えていたというのか？」

と、根岸は言った。

凶四郎は、この話を早く根岸に伝えようと、すぐに奉行所に引き返して来たのだ。

「この半月ほどだそうです」

「前はなにをしていたのだ？」

「どこかの番頭だったらしいのですが、なにせ近所付き合いはほとんどしていなかったみたいで」

「ちと、現場を見てみるか」

「ごいっしょします」

凶四郎は、根岸とともに、柳橋近くの隠居の家にもどった。

隠居家にはまだ、源次と近くの番屋の町役人が番をしていた。

「誰か、訪ねて来た者はないか？」

根岸は町役人に訊いた。

「誰もいません」

「よくよく人付き合いがなかったらしいな」

「相応の理由があるのでしょうね」

と、凶四郎が言った。

「だろうな」

根岸は遺体を見た。禿げた頭から、足の先まで、検死の役人さながらに、じっくりと見る。凶四郎などは、自分の見逃しがあったのかと、不安を覚えるほどである。

「ふうむ」

立ち上がり、根岸は部屋全体を見回した。

隠居が死んでいたのは六畳間で、隣に四畳半。さらに台所と厠《かわや》が別にある。風呂場はないので、湯屋に通っていたのだろう。

それから外に出て、家の周囲を点検し始めた。

根岸がいちばんじっくり見たのは下の二か所の窓である。格子が嵌《は》まっていて、内側に障子戸があるが、障子は強風でぼろぼろになっている。

「庭に物干し竿はあるか?」

根岸は源次に訊いた。

「あります。持ってくるので?」

「うむ」

源次が持ってくると、根岸はそれを窓の外からなかに入れ、右に左にと動かした。ときに振り回すようにもする。

「お奉行、なにを?」

凶四郎は訊いた。

「あの隠居は、こういう棒の先につけられた刃物で切り刻まれたのさ」

「棒の先で?」

「部屋のなかもそうだろう。一人ではなく、何人かが二つの窓を使ってやったのだろうな」

「なぜ、わかります?」

「隠居の傷だよ」

「傷?」

凶四郎はじっくり見たはずである。もちろん、検死役の市川も。

「風が逆回りになったような斬り口だったぞ」

「あ」

「つむじ風なら、風向きが変わったりはせぬ。だが、遺体の傷は、左右両側から斬られたようになっている」

「だが、わたしと源次が駆けつけたとき、逃げる者などは見ませんでした。直前まで、悲鳴は聞こえていましたが」

「そのときには、おそらく死んでいたのだろう。悲鳴は偽の悲鳴で、隠居のものではなかったのさ」

「なんと」

「悲鳴を偽っていた者は、わざわざ逃げ出さなくても、そこらでくるくる回っていればいいではないか」

「では、皆、つるんでいたのですね」

「そういうことだな」

「なんてこった。すっかり騙されたわけですか」

凶四郎は、悔しげに顔を歪め、頭を抱えたのだった。

第二章　犬の用心棒

一

「お女中、お女中。ちょっと、ちょっと」

宮尾玄四郎が、十軒店にある茶問屋・夕霧屋の裏口に立ち、軒下で洗濯物を干していた女中に声をかけた。ほとんど産湯《うぶゆ》をいっしょに使った仲と言っていいくらいに親しげである。

「なんです？」

女中は、怪訝そうに宮尾を見た。

「ちょっと訊きたいことがあるんだよ」

「どなた？」

「悪人じゃないよ。見るからにそうだろ。悪人を退治するほう」

宮尾はそう言って、刀を振り回す真似をした。

「なんなんですかあ」

と、結局、女中は半分、迷惑そうにしながらも、裏口から出て来てしまうのだ。

椀田豪蔵は、少し離れたところからそのようすを見ながら、

――なんだろうな、あれは？

と、思ってしまう。

まさに宮尾の特技と言っていいだろう。いい男というのは、ふつう女に警戒心を抱かせるが、宮尾の場合、なぜかそれがない。女はすぐに気を許してしまう。綿雲みたいな軽さと、猫の肉球みたいな柔らかさが、あの男には備わっているからだろう。

岩と鉄でできた豪傑みたいな椀田からしたら羨ましいかぎりだが、宮尾からすると、「そのかわり、わたしは女から本気で惚れられない」のだそうだ。

「ちょっと見てもらいたい人がいてね。すぐだから、いっしょに来て」

と、宮尾が女中を茶目っけたっぷりに見て言うと、

「え、あたし、いま、忙しいんですけど」

「すぐだから、すぐ、すぐ」

と言いながら宮尾が歩くと、ちゃんと女中は後をついて来る。

わきにいた椀田もいっしょに歩き出すと、

「なんだ、町方《まちかた》の旦那方だったんですか」

女中は、ちょっと嫌な顔をして言った。

「その、おっきな人はね。わたしは、しがない助っ人《すけと》ふぜいだよ」

宮尾の言うことは、あくまで軽い。

やって来たのは、紺屋町の番屋である。

椀田が言うには、夕霧屋の番頭は間違いなく遺体が誰かを知っていたという。だが、問い詰めても言いそうにないので、こういうときは宮尾の名人並みのたらし術で、女中から訊き出してもらうことにしたのだ。

番屋に入ると、宮尾はなかにいた町役人や番太郎に目配せをし、

「ちょっと、この人を見てもらいたくてさ」

と、筵《むしろ》に手をかけた。筵からは、ろうそくみたいになった二本の足がはみ出している。

「やあだ、死んでる人じゃないですか」

「大丈夫。死んだばかりで、まだ生き返るかもしれないくらいの死体だから」

宮尾の言いように、椀田は思わず噴き出しそうになった。

「ほら、この人」

と、宮尾は贈り物でも見せるみたいに勢いよく、顔のほうをめくった。

「え〜え」

女中は嫌な顔をしつつも、恐いもの見たさらしく、横目で遺体を見た。

「あ」

「知ってる人？」

「その人、お店で雇った用心棒ですよ」

と、女中はすぐに言った。

「名はわかるかい？」

「用心棒のお仲間は、田所《たどころ》さんと呼んでいました」

「お仲間？　ほかにもいるのかな？」

「ええ、あと二人います」

「夕霧屋はいつもそんなに用心棒がいるの？」

「いいえ。あの方たちは、京都から来たんです。貴重なお茶を持って来るとき、いっしょに来たんです。一年に一度、凄く貴重なお茶が届くんですが、いつもそのときに、用心棒もいっしょに来るんです」

それは、椀田もすでに聞いていたことだったが、

「そうか、そうか、京都から来たのか」

と、宮尾は小さく手を打った。

「それがどうかしたのか？」

椀田が訊いた。

「あの洒落具合《しゃれぐあい》は、江戸の武士ではない。京都で浪人しているというなら納得できるよ」

宮尾がそう言うと、

「そういえば、あの人たちは皆、お洒落な感じがします」

と、女中が宮尾の指摘に感心したように言った。

「ほらな」

「さすがだよ。だが、おいらも納得したことがある」

「ほう」

「あの田所とやら、足にマメができていた。なので、長旅をしてきたのだろうとは踏んでいたのだ」

「そうだったっけ？」

「あんたは、足の裏までは見てなかったのだ」

「さすがだね」

二人の会話を面白そうに訊いていた女中だったが、

「ただ、あの人たち、いつもはすぐに京都に帰るんですが、今年はなかなか帰らないので、変だとは思っていたんですが」

「夕霧屋で、近ごろなにかあったのかい？」

　宮尾が訊いた。

「なにかって？」

「脅迫状が舞い込んだとか？」

「聞いてないですね」

「夜中に、猪と熊が飛び込んで来たとか？」

「ぷっ、それもないですよ」

「夕霧屋は、変な商売はしておらぬよな？　抜《ぬ》け荷《に》関連とか？」

　椀田が訊いた。

「いいえ。いい顧客をいっぱい抱えて、ほかの茶問屋さんからも羨ましがられているとは聞いてますが」

「そうか」

「お女中。あまり留め置くのも、叱られたりするだろうから、もう帰っていいよ。また、なにか訊くことがあるかもしれないけどね」

「ええ、いつでもどうぞ」

と、女中は宮尾にうなずいたあと、

「あの……」

「どうした？」

「用心棒が殺されたことは、番頭さんたちに言ったほうがいいですよね？」

「言ったほうがいいか？」

宮尾は椀田に訊いた。

「大丈夫。番頭はもう、知ってるよ」

と、椀田は言った。

「そうなんですか？」

「でも、知らないふりをしたいみたいだった」

「そうなんですね」

「だから、あんたはなにも言わずにしらばくれていたほうがいい。余計なおしゃべりをしたと怒られるかもしれないからな」

「よかったです」

「どっちにせよ、この遺体は夕霧屋で引き取ってもらうことになるが、もう少しだけ置いとくよ」

「はい」

「そういえば、名前をまだ聞いてなかったっけ」

と、宮尾は言った。

「おこうといいます」

「おこうちゃんかあ。優しそうでいい名前だなあ」

「うふっ。じゃあ、また」

おこうは、椀田のことは見向きもせず、宮尾にだけ微笑んで、これ見よがしに尻を振りながら、もどって行った。

それを見送って、

「夕霧屋は、怪しいだろう」

と、椀田は言った。

「ああ。怪しいこと、この上なしだね」

「自分の身内ならともかく、なぜ雇った用心棒のことまで隠さなきゃならないんだ？」

「用心棒を雇ったわけを、あまり大っぴらにしたくないんだろうね」

「そういうことだよな」

「なにがあったんだろうな」

「あれは訊いても言わねえな」

「旦那を脅す？　もちろん、強面《こわもて》のあんたの役目だけど」

「それは、もうちょっとあとだな。いま、脅しても、やり過ぎになる。ああいうとところは、いろんな会合で悪口を言って回るからな」

町方も、商人たちとの信頼関係は大事なのだ。

「それで、なにかが起こってしまうわけか」

「じゃあ、どうしたらいい？」

と、椀田は宮尾を見た。

「田所が死んで、用心棒は一人足りなくなったよな」

「そうだな」

「あんた、用心棒のふりして、潜入してみては？」

「おいらは、駄目だ。番頭に顔を知られたから。だったら、お前がやればいい」

「わたしだって、おこうちゃんに顔を知られただろうが」

「あの女中は黙っていてくれるよ。お前が頼めばな」

「こんな優男《やさおとこ》の用心棒がいるかい？」

「そこがいいんだ」

「なんだよ、それ」

いろいろ案は出たが、どれも名案とは言えず、結局、用心棒になりすます案を採用することにした。

二

口入屋は、番屋からもすぐ近くの路地を入ったところにあり、椀田は昨日もここのあるじに、死んだ田所の顔を見てもらっている。

「おや、今日はなんのご用で？　また、死人の顔を見せられるのじゃないでしょうね」

あるじは、どこかすっとぼけていて、憎めない面《つら》をしているが、そのくせ、金のためなら、相当きわどい仕事でも請け負う感じもする。

「十軒店の夕霧屋だがな。あんたのところと付き合いはあるかい？」

と、椀田は訊いた。

「もちろんですよ。十軒店はすべてお付き合いさせてもらってますから」

「夕霧屋から用心棒を紹介してくれという話は来てないか？」

「いやあ、そういう依頼は来てませんね」

「そうか。用心棒が欲しいはずなんだがな。それで、この男がぜひ、夕霧屋で働きたいと言っているんだよ」

「町方のお人で？」

口入屋は、宮尾を見て、意外そうに訊いた。

「違う。友人で、ただの変わり者」

「ふっふっふ、そんなことはないでしょうよ。そうか、目をつけている盗人が、夕霧屋を狙っているんですね。それで、町方で腕の立つ人を内部に入れておこうと。さすがに椀田さまですな」

勝手にいいように解釈してくれたが、

「まあ、そこはどうとでも取ってくれ。ただ、そこらで言って回るんじゃねえぞ」

と、椀田はいちおう脅しておいた。

「わかりました。あそこの一番番頭さんは飲み友だちでしてね、一人くらい雇ってくれと頼むことはできますよ。女中や飯炊《めした》きは、ほとんどうちの紹介でしたから」

「ぜひ、頼むよ」

と、宮尾が言った。

「ただ、その前にかんたんな用心棒の仕事をやってもらいたいんですが、いかがでしょうかね？」

口入屋は、上目使いに宮尾に訊いた。

「かんたんな用心棒仕事？」

「今日の暮れ六つ（午後六時）までの仕事で、謝礼は二朱《しゅ》（約一万六千円）ですが」

「二朱！」

「いい小遣い稼ぎでしょ」

「どうする？」

宮尾は椀田に訊いた。

「いいんじゃないか。今日一日くらいは大丈夫だろう。それで、大店のお嬢さまの護衛でもするのかい？」

椀田が口入屋に訊いた。

「それが犬の用心棒なんです。今朝、急に頼まれた話で、あたしもどうしたものかと、ちょうど悩んでいたところだったのです」

「犬の用心棒だと？」

宮尾は唖然とした。


二人は、紹介された店へと向かっている。

そう遠くはない。本石町四丁目の、〈大富士屋《おおふじや》〉という両替商だという。

「なんで、犬ごときを守らなければならないのだ」

歩きながら、宮尾は不満げに言った。

「犬ごときなんて言っては駄目だろうが」

「わたしは猫とは相性がいいが、犬はちょっとなあ」

「お前、駿河台《するがだい》のうしろうに、宮尾と呼びつけされてるくせにか?」

根岸の本宅ともいえる駿河台の屋敷の飼い猫うしろうは、やけにはっきりと、宮尾の名を呼ぶのだ。(『耳袋秘帖 妖談うしろ猫』)

「あれは、呼びつけしてるのではない。ただ、啼《な》いているだけだろうが」

「まあ、いいではないか。変わったことは、なんでもやったほうがいいと、お奉行もおっしゃってるし」

「……」

根岸がそんなことを言ったのは聞いていないが、しかし言いそうなことではある。

「それにしても、よほど珍しいとか、可愛いとかいう犬なんだろうな」

宮尾は、だんだん興味が湧いてきたらしい。

「そりゃあ、そうだろう。二朱もくれるんだから」

その店にやって来た。

〈大富士屋〉とは、ずいぶん大袈裟《おおげさ》な屋号の両替商である。

そのわりに間口は二間(約三・六メートル)ほどで、せいぜい中堅どころの商売か。そもそも両替商といっても、実質は金貸しで儲けているのだ。

「じゃあ、頑張れよ。おれは夕霧屋を見てくるんで」

椀田は、宮尾の肩を叩いていなくなった。

宮尾は、のれんをくぐると、帳場にいた男に、

「紺屋町の口入屋から言われて来たのだがな」

そう告げると、

「あ、やってくれますか。助かります」

男は嬉しそうに笑った。

「犬の用心棒と言ってたが、ほんとのことかい？」

「そうなんですよ。ちょっとお待ちを。いま、連れて来ますので。これ喜助《きすけ》、帳場を替わっておくれ」

そう言って、いったん土間に降りると、店の奥に入って行った。

「いまのは、あるじかい？」

宮尾は、替わって帳場に座った手代らしき喜助という若い男に訊いた。

「そうです。弥左衛門《やざえもん》と申します」

「よっぽど犬が好きなんだな？」

「うーん。好きは好きなんでしょうが」

どうも、怪しい返事である。

「好きでもないのに、わざわざ用心棒はつけないだろう？」

「旦那より、女将さんのほうが犬好きなんですよ」

「女将さんは守らなくていいの？」

できればそっちを守ってあげたい。

「さあ、どうなんですかねえ」

と、手代はしらばくれた。

まもなく、あるじは一匹の犬を連れて来て、

「この犬です、守っていただく犬は」

「これ？」

宮尾は、海辺《うみべ》のなまこでも指差すみたいにして訊いた。

よほど可愛い犬なのかと思ったが、まったくふつうの犬である。いや、ふつうより、いくぶん劣るかもしれない。

「名前は白吉《しろきち》といいます」

白というより、埃《ほこり》色と言ったほうがいいくらい汚れている。

「名前なんか、いらないんじゃないの？」

「そんなことはないですよ。この犬を、なんとしても暮れ六つの店じまいまで、見守っていただきたいのです」

「この犬は、誰もさらわないだろう」

「さらわれることはないでしょう。それで、ないとは思うのですが、なにか吐いたり、あるいはウンチをしたときは、それを包んで持ち帰ってもらいたいのです」

「犬のウンチを持ち帰るだと？」

「あ、なかに白いものが混じってなかったら、持ち帰らなくてもかまいません。まあ、今日は出て来ないと思いますが」

「なにを飲んだのだ？」

「いや、まあ、そこはいろいろ訳ありでしてね」

訊いても答えそうにない。

三

「そんなに心配なら、家に閉じ込めておけばいいだろう」

と宮尾が言ったら、大富士屋弥左衛門が言うには、

「それだと、啼いてやかましいんです。ふだんから、適当に外をうろうろさせているので、今日もそうしていただければ」

とのことだった。

むしろ、店には置きたくないような感じもあった。

そこで、一日中、この界隈を白吉といっしょにうろうろすることにした。

江戸の犬などは、奥さまや奥女中など、奥のつく女に絶大な人気がある狆《ちん》は別として、たいがいが放し飼いで、野良犬と区別もつけにくいくらいである。もちろん、首輪などもつけていない。

ただし、武士が飼っている猟犬などを散歩させるときは、ちゃんと首輪に紐をつけている。通りすがりの子どもなどに嚙みついたりしたら、それはやはり責任問題となるからである。

だから、宮尾が犬に首輪と紐をつけて、引っ張って歩いていても、さほど珍しくはないのだが、それにしても白吉は貧弱過ぎるかもしれない。どう見ても、猟などしそうになく、残飯あさりがせいぜいといった風采《ふうさい》である。

「おい、白吉」

「わん」

呼ぶと、ちゃんと返事をした。器量はともかく、頭は悪くないらしい。

「お前、いったいなにやらかしたんだ？」

「……」

「なにを飲んだんだ？」

「……」

白吉は急に無口になった。よほど大事なものを飲んだらしい。白いものと言っていたから、金ではないのだろう。すると、銀の塊あたりか。

時の鐘の前を通って、今川橋《いまがわばし》から主水河岸《もんどがし》のところに来ると、河岸を降りようとする。

「そっちは駄目だろう」

と言っても、強い力で引くので、そのまま行かせると、川べりから首を伸ばし、川の水をぺちゃぺちゃと音を立てて飲んだ。

「なんだ。ここは白吉の水飲み場か」

喉の渇きがおさまると、白吉は河岸の上にもどって、柳の木の下に這いつくばり、動かなくなった。

宮尾も、いっしょに座り込み、柳の木に背を当てていると、冬とはいえ、日差しが暖かく、眠けを催《もよお》してしまう。

しばらくうとうとしていたら、白吉は急に起き上がり、道の真んなかまで行って、ぐるぐる回り出した。

「おいおい、お前もかまいたちか？」

だが、今日はそよ風すら吹かない穏やかな日である。

ぴたっと動きを止めると、今度は足を広げて息張り出した。

「あ、ウンチか」

案の定、白吉はけっこうな量のウンチを排出した。

「こんなところでしちゃまずいだろうが」

宮尾は、周囲を気にしながらも、柳の枝を折って、ウンチのなかに白いものが混じっていないか、確かめた。

「こういう情けないことをさせられるなら、二朱じゃ安かったかもな」

愚痴ってもいまさら遅い。

結局、なにも見つからず、ウンチをこんな道の真んなかに放置しておくのもまずいので、柳の枝をもう一本折り、箸のようにしてつまむと、竜閑川の流れに放った。

「まったく、もう」

白吉は再び歩き出した。十軒店の通りのほうに向かって行く。こんな恰好は、あまり知り合いには見られたくないが、致し方ない。

通りの横のほうから、別の犬が現われた。これも白犬だが、こっちは白粉でもかけたみたいに真っ白で、きれいな牝犬である。

「クウ」

と、白吉は誘うように啼いたが、

「ワン」

と、吠えられた。明らかに、牝犬は、

「あんたなんかメじゃないよ」

と、言っている。

どうやら白吉は、あまりモテないらしい。宮尾も惚れた女には相手にされないことが多いので、同情心が湧いた。

そこへ、椀田が向こうの夕霧屋があるほうからやって来た。

「ガルル……」

と、白吉が唸るが、

「やかましい！」

椀田の一喝でおとなしくなった。

「あんた、犬にも睨みが利くんだな」

宮尾のからかいには答えず、

「この犬か？　守らなきゃならないのは？」

と、椀田は呆れたように訊いた。

「そうなんだよ」

「ふつうの犬だろうが」

「ああ。いまのところ、とくに変わった芸もしてないしな」

「誰もさらったりはしないだろう」

「それはわからんのさ」

「なんで？」

「どうも、なにか飲み込んだみたいなのさ」

「ははあ、小判か？」

「と思うよな。両替商だし。だが、飲んだのは白いものらしい」

「銀か？」

「わたしもそう思うんだがね」

「だったら、こんなふうに外に出したりしないで、家に閉じ込めておくか、あるいはさっさと腹を切り裂《さ》くだろうよ」

椀田は、意外に残酷なことを言った。

「閉じ込めておくと、啼いてうるさいらしい。それに、いちおう女将さんが可愛がっているから、腹を裂くってのは可哀そうなんだろうよ」

「そりゃ、可哀そうだよ」

「なんか解《げ》せないのさ」

「白いものは、銀じゃないのかもな」

「だいたい、犬が銀なんか飲んだりしないよな」

「確かに」

白吉を見ながら、しばらく二人で考えたが、さっぱりわからない。

「ところで、夕霧屋のほうはどうなった？」

と、宮尾は訊いた。

「ああ、あの遺体はこの店の用心棒だろうと番頭を問い詰めたら、やっと白状したよ。怖くて、よく見られなかったんだと」

「そうか」

「田所は、風が強いので、見回ってくると言って出て行ったが、そのまま帰って来ないので、どうしたのかとは思っていたそうだ。ただ、ときおり遊女屋に泊まったりしていたので、今度もそれだろうと思っていたらしい」

「ふうん」

「それで、いまから遺体を引き取らせることにした。そのまま深川にある夕霧屋の菩提寺《ぼだいじ》に持って行くんだとよ」

「なるほど」

「気になったから、あんたの知り合いで片腕を斬られたやつはいないかと訊いたら、そっちは本当に知らないみたいだった。さらに、なんで用心棒を三人も雇ってるんだと訊いても、わけは言わねえんだ。よっぽど、都合が悪いことがあるんだな」

「だろうね」

「店の連中は怯《おび》え切っているのかと思ったんだが、そうでもないんだ。ちょうど、若旦那が戻ったところでな。吉原からの朝帰りだとよ」

「のん気なもんだね」

「それで、近くの料亭で訊いたら、夕霧屋の十九になる若旦那ってのは、吉原あたりでたいそうな人気者らしいぜ」

「人気者?」

「金払いはいいし、見た目もこざっぱりして、言うことが面白いんだと。近ごろは、ここらの旦那衆にまで好かれているらしい」

「そういうのは、旦那になると店を潰しちまうんじゃないの?」

と、宮尾は言った。

「おいらもそう思ったんだが、老舗《しにせ》だし、京都の宇治とはしっかりしたつながりがあるし、番頭たちも仕事ができる人ばかりで、あるじってえのは、むしろ、あんなふうに人に好かれる人間がいちばんいいんだとさ」

「へえ。商売というのはわからないもんだね」

「あんたもそういうところに生まれたら、最高の若旦那になったかもな」

「……」

宮尾はなにも答えない。

四

一方――。

土久呂凶四郎は、昨日から元気がない。

――なぜ、あんな簡単なことを見破れなかったのか。

と、忸怩《じくじ》たる思いなのである。

かまいたちなら、同じ方向に渦を巻くはずである。だから、身体が回っても、おかしいとは思わない。が、あの傷は、逆回りでつく傷もいっぱいあった。あの若い手伝いのおはまでさえ、殺されたと断言していたくらいなのだ。

「おれはまだまだだな」

と、凶四郎は源次に言った。

「そんなことはありませんよ」

「いやあ、あのくるくる回っていたやつら。あんな小芝居にも騙されてしまったのだからな」

いまとなっては、どんなやつらだったか、それすらよく覚えていない。女も男も、若かった気はする。

「そんなこと言ったら、市川さまだって刃物の傷かもしれないとまでおっしゃっても、傷の方向のことは見逃したんですから。あれは、根岸さまが凄過ぎるんですよ」

と、源次はなぐさめた。

「ありがとうよ。まあ、どこかでこのしくじりは挽回《ばんかい》しなきゃな」

凶四郎は気を取り直し、改めてあの隠居殺しについて考えた。

手口はわかった。詳しく家を検分しても、まさにお奉行の推察したとおりである。

だが、誰に、なぜ殺されたのかはわからない。

それには、隠居のことをよく調べないといけない。

まずは近くの浅草下平右衛門町《あさくさしもへいえもんちょう》の番屋に来た。

「名前は喬蔵《きょうぞう》です」

と、町役人は言った。おはまの言ったとおりである。

「家は借家かい？」

「いいえ、あれは喬蔵さんの持ち家ですよ」

「いつから？」

「買ったのは十五年ほど前みたいです。隠居したのは十年前くらいだったみたいですので、隠居する五年前には隠居家として、すでに購入してあったわけですね」

「それまでは、なにをしていたんだ？」

「お店者《たなもの》ではあったみたいですが、どこの店かは誰も知らないんですよ」

「ふうむ」

隠居してからあの家に来たので、そういうこともあるのだろう。

「ずっと一人暮らしかい？」

凶四郎はさらに訊いた。

「いえ、ここに来て五年ほどは、女と暮らしていたんですが、女はあるときからふっといなくなったんです。どうも喧嘩でもして出て行ったらしいが、女房だったのか妾だったのかもわからないんですよ」

「謎の隠居じゃねえか」

と、凶四郎は町役人に言った。

「そうなんですよ。相済みません」

町役人も恐縮している。

「喬蔵は、やけに図体の大きな男に怯えていたみたいなんだが、あんた、そういう男は知らねえかい？」

「さあ」

「友だち付き合いしていた者もいねえんだ？」

「あたしが知る限りでは、いませんでしたね」

いくら町役人と話しても、手がかりは見つかりそうもない。

「しょうがねえ、もう一遍、家を調べてみるか」

と、凶四郎と源次は、喬蔵の隠居家にもどった。

遺体はそのままにして、台所の床下から仏壇の奥、箪笥の引き出しから枕の中身まで、すべて点検した。だが、出てくる物はほとんどない。

「なんだって、こんなに物が少ねえんだ？」

凶四郎は呆れた。

「捨《す》て行《ぎょう》でもやっていたんですかね？」

と、源次が言った。

「捨て行？　なんだ、そりゃ？」

「うちのおっかあも、ちっと感化されているんですが、近ごろ、浅草界隈で流行り出してましてね、身近にある物をどんどん捨てて、身軽になることで、悟りや仏に近づけるんだそうです」

「へえ」

「人間は、いつの間にかくだらない物を貯め込んで、それに引きずられているんだとか。それで、捨てるわ、捨てるわ。この前は、おやじの形見の煙管《きせる》まで捨てようとしたんで、慌ててやめさせましたよ」

「それかな」

「ただ、それだったら、ああいう掛け軸みたいなものは捨てているはずです」

源次は、壁に掛かっている、偽のかまいたちでぼろぼろになった掛け軸を指差した。

蛙が蓮のうえでじっとしている絵だが、なかなか趣《おもむき》がある。こんなにぼろぼろにならなければ、意外に値の張るものだったかもしれない。

「やっぱり、おはまに訊いてみるか」

あの女房なら、おかしなところがあれば気がつくはずである。

「じゃあ、呼んできますよ」

源次がすぐに、おはまを連れて来た。

「すまんな。ま、そこへ」

と、凶四郎はおはまに座るように言った。

「あ、すみませんね。じつは、いまも近所のおかみさんたちと集まって、ここのご隠居の話をしていたんですよ」

「そうだったかい。それで喬蔵なんだがな」

「名前、合ってました？」

「合ってたよ。しかも、殺されたことは間違いねえな」

「やっぱり」

「それで、殺されたわけを探ろうと思っても、なにも手がかりが見つからねえんだ。喬蔵は人付き合いもなければ、持ち物も極端に少ねえ。昔から、こんなに物を持ってなかったのかい？」

「ああ、言われてみれば、少ないですね。あたしは、ご隠居さんのお世話をするようになったのは、五年ほど前からですが、そのころも少なかったです。だから、掃除をするのも楽でしたよ」

「洗濯もやってたのかい？」

「大きなものは洗いましたが、下着なんかは自分で洗ってました」

「ここに誰かが来ているところとかは、見たことがなかったのか？」

「ないですね」

「昔、女がいっしょに暮らしてたというんだがな？」

「そうなんですか」

「女も来てねえんだ？」

「ええ」

「ご隠居に尻を触られたりしたことはなかったかい？」

「ありませんよ」

おはまは笑って、手を左右に振った。

「だが、なんか話くらいはしただろうよ」

「なにか訊いても、適当にごまかすだけなんですよ。でも、あたしのことは、よく訊かれたりしましたよ」

「なにを訊いたんだ？」

「亭主とはどこで知り合ったのかとか、生まれはどこだとか。それで、あたしは正直に答えたあと、じゃあ、ご隠居さんは？ と訊くと、あたしの話なんかどうでもいいさって、答えをごまかしてしまうんです」

「ほう」

「なんか、後ろめたいことか、やましいことがあったんでしょうね。それで、こんなふうになっちまったんですよね。お可哀そうに」

と、おはまは遺体をちらりと見て、少し泣いた。

「なにかないかなあ。ご隠居と身近に接していたのは、あんただけみたいなんだよ」

凶四郎も、この若いおはまにすがるような気持ちである。

「そんなふうに言われましても」

「また、饅頭食うか？」

「いや、お腹いっぱいなんです」

「そうだ。しめさんに会わせてやろうか？」

「えっ、しめ親分に！」

おはまの顔が輝いた。

五

しめのほうは、朝から雨傘屋とともに片腕の一件を調べ直している。

今朝、根岸の役宅でおこなわれた打ち合わせによると、どうやら地蔵橋のところで死んでいた浪人者は、十軒店の夕霧屋の用心棒らしい。

いったんは、関わりはないと思ったが、やはり用心棒の死と、消えた片腕はつながっているのかもしれない。

「片腕を斬られたら、医者に行くよね」

と、しめは雨傘屋に言った。

「ですよね」

ということで、神田界隈の医者をおよそ十軒ほど訊いて回ったが、どこにも片腕を斬られた者など来ていなかった。

「あんな傷じゃ、いまごろは死んでるかもね」

「いや、そうとも言い切れませんよ、親分。仲間に金創医《きんそうい》がいて、すぐに縫い合わせたかもしれませんし」

「わたしの知り合いで、指がくっついたのはいます」

「くっつくか？」

「仲間に金創医ねえ」

ぜったいにないとは言えないだろうし、指がくっつくなら、腕がくっついても、不思議はないかもしれない。

鍛冶町の番屋は、荷車が突っ込んで壊れたところを修繕中である。それで、寒いけれど外で話しているところに、

「しめ親分。やっぱりここでしたか」

と、源次がやって来た。

「あら、源次さんじゃないの。どうしたの？」

「じつは、偽のかまいたちで殺された隠居のところで飯炊きをしていた長屋の女房が、しめさんに憧れてましてね」

「あたしに？」

「しめさんと会うと、いろいろ忘れたことも思い出すかもしれないというので、土久呂の旦那が捜して来いと」

「あら、まあ」

しめは嬉しそうな顔で、その隠居家に向かった。

家に入るとすぐ、

「あー、しめ親分。あたし、ずっと憧れてたんですよ」

おはまは、飛びつくようにして言った。

「そんなふうに言われたら、あたしも照れるよ。げへげへ」

しめも、顔を赤くして、嬉しそうに笑った。

「しめ親分のそばにいると、なにか思い出すかもしれません」

「そうかい。なんなら、あたしの膝の上に乗ったっていいんだよ」

「いえ、大丈夫です」

おはまは真剣な表情になって、記憶を引っ張り出そうとしている。

そしてまもなく、

「あっ」

両手をぽんと叩いた。

「なにか、思い出したか？」

凶四郎が訊くと、

「あたし、ご隠居のお妾がやっている店に行ったことあります」

「なんで、そんな大事なことを忘れてたんだ？」

「だって、そのときあたしはまだ十三、四ですよ。ご隠居と怪しいとか、お妾かもとか、考えませんよ」

「そうか。それで、店は覚えているか？」

「おぼろげに」

「よし。行ってみよう」

一同がいっせいに立ち上がったはずみで、隠居の遺体が動いたみたいに見え、

「ひぇえっ」

と、しめが悲鳴を上げた。

六

さて、宮尾玄四郎のほうは、まだ白吉を連れて散策の最中である。

暮れ六つまではまだあるが、白吉の進むままに大富士屋の近くに来ると、ちょうど店から深刻な顔をした若者が出て来たところだった。

若者はいったん歩き出したが、振り向いて、

「また来るからな！」

と、怒鳴った。

相当、いきり立っているらしい。

それから宮尾と白吉のいるほうへ歩いて来て、

「糞っ！」

と、持っていた包みを地面に叩きつけると、なんと小判が散らばった。そのうちの数枚は宮尾の足元にも飛んできて、白吉は臭いを嗅いだりするが、咥《くわ》えるようすはない。

若者は、ハッとなって、散らばった小判を集めた。

宮尾も足元の小判を拾って若者に渡し、

「どうしたのだ？」

と、声をかけた。

「いや、いいんです」

と、逃げようとするが、宮尾は前に回り込むようにして、

「わたしは、こう見えても町方の人間で、いろいろ訴訟ごとにも関わってきている。相談に乗ってもよいのだぞ」

それは嘘ではない。根岸が勘定奉行だったころは、それでずいぶん駆けずり回ったこともある。

「訴訟ごとの？」

若者は足を止めた。

「ああ。訴訟になりそうなのか？」

「ちょっとややこしい話になるのですが」

「かまわんよ。じっくり話してくれ。ここではなんだから、どこか店にでも入ろう」

と、通り沿いの甘味屋に連れ込んだ。

「あっしは誠二《せいじ》といいまして、屋台のうどん屋をしております。それで幼なじみのおりつという娘と恋仲になり、店を持てたらいっしょになろうという話をしていたのですが、おりつのおやじが百両という借金をこしらえまして、期日までに返さねえとおりつを吉原に売り渡すということになっちまったんです」

「なるほどな」

と、宮尾はうなずいた。とくに珍しい話ではない。

「それで、あっしも店を持つために三十両ほどは貯めていたのですが、とてもおっつかなく、必死で働いて、どうにか五十両までにはしましたが、期日が迫ってきまして、思い切って相場に手を出しまして、なんとか百両まで増やすことができたのです」

「それはたいしたもんだ」

「その期日ってのが今日でして」

「今日か」

「それで、話はこんがらかるのですが、とにかくその借金を肩代わりしたのがさっきの大富士屋という両替商で、あっしはそこに百両を持って来たわけです」

「うむ」

「ところが、その借金を返済したという証文を書くのに使う判子が、朝から見つからないというのです」

「……」

「金があるんだから、判子なんかどうでもいいだろうと詰め寄りますと、そうはいかないと。なんとか、明日までに見つけるか、同じ判子をつくらせるから、明日まで待ってくれと、こう言うんです」

「……」

「こんなバカな話がありますか？　百両があるのに判子が押せないというだけで、おりつは吉原に売られちまうんですぜ。あっしは、どうしたらいいのか。もういっぺん大富士屋にもどって、あのあるじの首でも絞めてやります」

誠二はいまにも飛び出して行きそうな剣幕だった。

七

もちろん、宮尾は判子のありかに気がついたので、

「そうか、そういうことだったのか」

と、うなずいた。

「そういうこととおっしゃるのは、なにか、知っているのですか？」

誠二は疑わしげに訊いた。

「まあね。じつは、今日一日、この犬の用心棒を引き受けたのだ」

「犬の用心棒ですって？　町方のお人がそんなことをしてるんですか？　お武家さま、ほんとに町方の人なんですか？」

誠二は興奮して、矢継ぎ早に訊いた。

「まあ、落ち着けよ。それには別の事情があるのさ。それで、この犬は、大富士屋で飼われている犬なんだ」

「これが？」

誠二が不思議そうに白吉を見ると、白吉は馬鹿にされたとでも思ったのか、

「わん」

と、吠えた。

「どこにでもいる、冴えない犬だよな。なのに、わたしの用心棒代は二朱だぞ」

「二朱？　どういうことです？」

「わからぬか。この犬が、判子を飲んだのだろう。たまたまなのか、あるいは、わ

ざと飲ませたか。わたしはたぶん、わざとだと思う。それで、明日になれば、ウンチといっしょに出てくるのだろうが、受け取りは今日でなければ駄目なんだよな」

「こいつの腹を切らせてください」

と、誠二は血走った目で言った。

「それは駄目だよ」

「おりつが吉原に売られるんですよ！」

宮尾から白吉を奪おうとする。

「待て、待て。いま、わたしが大富士屋の弥左衛門と話をつけてくる」

「できるんですか？」

「やらなきゃ、おりつが吉原に売られるんだろうよ」

宮尾もなんとかしてやりたいのだ。

宮尾は、誠二を甘味屋に待たせたまま、白吉といっしょに大富士屋にやって来た。

「おや、もうお帰りですか？」

弥左衛門は、のんきな口調で言った。

「わかったぞ。白吉がなにを飲み込んだか」

「そうなので？」

「判子だろう。それを百両の証文に押さなければならないのだろうが」

「どうして、それを？」

「誠二に会って聞いたんだよ」

「そうでしたか」

「白吉にわざと飲ませたのか？」

「わざとじゃありませんよ。判子は象牙でできてましてね。こいつは、骨と間違えるんでしょう。前にも一度、飲んじまったことがありましてね。次の日のクソに混じって出てきましたよ」

「そうか」

「ただ、おあつらえ向きだったことも確かなんです」

「どういう意味だ？」

「百両はすでに返してもらっているんですよ」

「え？」

「じつは、誠二が惚れたおりつって娘を気に入った隠居がいて、おりつのほうもまんざら嫌でもないというので、倍の二百両で妾になっちまったんです」

「なんてこった」

「だが、誠二にはそういうことは言えないでしょう」

「そりゃあ、言えんわな」

「まあ、どうせうどん屋に百両なんかできっこないと高をくっていたんですが、こしらえたというじゃありませんか。おりつの親が飛んで来ましてね。どうしたらいいものかと。とにかく、今日一日、誠二に判子が押してある証文をやらなけりゃいいんだと」

「ははあ」

「そうしたら、おりよくあの犬がぱくりと判子を飲み込んでくれたというわけで」

「そういうことだったのか」

「誠二は、判子の行方を？」

「わたしが話してしまったよ」

「なんてことを」

「だが、あいつは判子がないなら、あんたの首でも絞めようという剣幕だったぞ」

「勘弁してくださいよ」

「さて、どうしたものかな」

真実を告げるのは可哀そうである。

「よし、わたしがなんとかするよ」

と、宮尾は言った。

つねづね根岸の話術に感服している。話すうちに頑《かたく》なだった下手人の気持ちを解きほぐし、罪を認めさせてしまうあの話術である。

宮尾は、女との会話には自信がある。ただ、我ながら呆れるくらい軽い会話で、相手が男となるとまるで駄目である。なんとか、男相手にも通用するような会話術を身につけたい。いまこそ、それを鍛えるいい機会かもしれない。

「いやあ、お願いします。うまくいったら、もう一朱、上乗せしますので」

あるじは手を合わせた。

八

宮尾は甘味屋に引き返して来た。

「どうでした？」

誠二が食いつくように訊いた。

「うん、まあ、だいたいのところはわかったよ」

「おりつはどうしているので？　まさか、もう吉原に？」

「いや、吉原にはいない」

「そうですか」

と、誠二はホッとした顔をした。

「まずは落ち着こうぜ」

根岸だったら、こういうとき、じっと相手の目を見て、微笑みながらうなずきかけたりする。宮尾も同じようにしたが、

「落ち着いてなんかいられませんよ。店仕舞いの暮れ六つまで、あと一刻《いっとき》（約二時間）もないんですから」

誠二はそう言って、激しく貧乏ゆすりを始めた。

「まずは、訊きたいが、おりつというのはどういう女だったんだ？」

「そりゃあ、素直で愛らしくて、絵に描いたようないい娘でしたよ」

「そこだよ、誠二」

「なにがそこなんです」

「あのな、世のなかに絵に描いたような、素直で愛らしい娘なんて、そうはいないぞ」

「おりつを見てから言ってくださいよ」

「確かに、娘にそういう時期があることは認めるよ。まだ、世のなかのことを知らない、十二、三あたりまではな。しかし、そこから先、女は変わるんだ」

「おりつは変わりませんよ」

「なぜ、そんなことが言える」

「十日ほど前も、文をもらったばかりですから。それには変わらないおりつの気持ちがつづってありました。いまは、誠二さんに会うことはできないけど、あたしの気持ちは変わっていませんと」

「そうなの」

宮尾はわからなくなった。

大富士屋の弥左衛門は、おりつもまんざら嫌でもないというので妾になったと言っていたが、じつは泣く泣く妾になり、いまも泣き暮らしているのではないか。

「とにかく、あっしは証文を持って、おりつの家に行かなくちゃならないんです。訴訟どころじゃないんです。だいたい、百両返すのに、証文が出せないのがおかしいでしょう。お侍さんもいっしょに大富士屋に来てくださいよ。非道を正してくださいよ」

「そうだな」

とても根岸のようにうまくはいかない。

誠二にけしかけられ、いっしょに甘味屋を出たときだった。

「あ」

誠二の足が止まった。

向こうから初老の男と若い女が歩いて来たところだった。

「いやーん、旦那ったら」

「なにが、いやーんだよ。いやーん、いやーんも好きのうちってな」

「ま、憎らしい」

「痛い、痛いよ、おりつ」

いま、初老の男はおりつと言ったか。

宮尾が誠二の顔を見ると、血相が変わっている。

「おりつ！」

「あ、誠二さん」

女の顔が強張った。どうやら、肝心の相手と、ばったり鉢合わせしてしまったらしい。あるいは、なにか大富士屋と打ち合わせでもしてきたところだったのか。女もついていないが、不用心にもほどがある。

「なんだ、お前、そのざまは」

誠二は大声でなじった。

「だって、あんたに百両なんかできるわけないだろ。だからさ」

おりつは横を向いた。初老の男は、どうしたものかと立ち尽くしている。

「つくったよ、百両」

「聞いたわよ」

やはり大富士屋に来ていたのだ。

「これだよ」

誠二は、懐から出した巾着《きんちゃく》の中身を、地面にぶちまけた。ジャラジャラと、下品で景気のいい音を立てた。

「まあ、誠二さん」

おりつの顔に一瞬、歓喜が走った。が、その顔は、素直さや愛らしさにはほど遠く、金粉でもまぶしたような卑俗さがにじみ出た。

「待ってるという文はなんだったんだ？」

「だって」

「なにがだってだよ」

「しょうがないでしょうよ。おとっつぁんやおっかさんの窮状を見ながら、できもしない百両を心待ちにするわけにはいかなかったのよ。吉原に行くよりはましだし、この人だっていい人だし。なあに、誠二さん。あたしに楽な暮らしはするなって言いたいわけ？　おとっつぁんやおっかさんは、助けなくていいってわけ？」

おりつはすっかり居直ったらしく、唖然とする誠二をののしりつづけたのだった。

「お侍。見ました？　あんなもんですよ、女の正体は」

地面に落ちた百両を拾い終えた誠二は言った。

「いや、まあ。女もいろいろだからな」

誠二にはああ言ったが、もちろん宮尾は素直で愛らしい娘がいるはずだと思っている。しかし、それを探す道は、三蔵法師玄奘《さんぞうほうしげんじょう》が経典《きょうてん》を求めた旅のように大変なものなのかもしれない。

「あっしもこれでさっぱり諦められます。この金を元手になにか商売を始めますよ」

「そうだな」

宮尾も、今宵は誠二といっしょに大酒を食らい、

「女がなんだ」

と、喚《わめ》きたい気分になっていた。

九

凶四郎と源次は、ようやくおはまが思い出してくれたその飲み屋にやって来た。しめと雨傘屋もいっしょである。

第六天社《だいろくてんしゃ》のすぐわき。ご隠居の家からも、せいぜい一町（約一〇九メートル）ほどしか離れていない。

「そう。ここです」

店の前に立ち止まって、

「五人いっしょに入るか？」

と、凶四郎が訊いた。

「たぶん圧倒されて、なにも言わなくなりますよ」

しめが言った。

「なんか、線が細くて、気の弱い、後ろに誰かいるみたいとか言われただけで気絶するような人でしたよ」

と、おはまも言った。

「それじゃあ、おいらと源次はあとで入るか」

「じゃあ、あたしが先に、雨傘屋とおはまちゃんといっしょに入りますが、喬蔵さんが殺されたことは伝えていいんですか？」

「まずは、言わずに訊き込んでみてくれ」

「わかりました」

と、先に三人が入った。

きれいな飲み屋である。

坪数はぜんぶで七、八坪ほどか。真んなかに囲炉裏《いろり》がつくられ、自在鉤《じざいかぎ》に鍋がかかって、ぐつぐつ音を立てている。中身は、串に刺したコンニャクに焼き豆腐、かまぼこの三つだけ。近ごろはやりの、煮込み田楽《でんがく》というやつである。

その周りに、小さい樽が適当に散らばっていて、客はこの煮込み田楽を肴に、酒を飲むのだ。酒の燗は、奥の調理場のほうでつけて、持って来るらしい。

しめたちが入って行くと、先客が二人、ぼそぼそと話しながら飲んでいた。

「あんた、酒は飲めるのかい？」

「飲めるんですが、やめときます。なんだか、おなかにややがいる気がするので」

「そうかい。そりゃあ、めでたいね。じゃあ、田楽をたんと食べな」

そう言って、しめは調理場にいる女将に、

「お酒を二本」

と、注文した。

女将は、小さく笑ってうなずいた。あまり愛想はよくない。

「さて、どこから切り込もうかね」

しめが雨傘屋に言った。

「店を褒《ほ》めるあたりから入りますか。どうせ、喬蔵に出してもらったんでしょうけどね。でも、そこから、喬蔵が誰かに恨まれてたかってところまで訊き込むのは大変ですよ。やっぱり、殺されたことを言っちゃったほうがいいんじゃねえですか？」

「卒倒しちまったら、どうするんだよ」

「そうかあ」

二人のやりとりを聞いていたおはまが、

「あのう、あたしに話させてもらってもいいですか？」

と、訊いた。

「あんたが？」

「なんか訊きたくなってしまって」

「ああ、いいけど」

ちょうど酒を持ってきた女将に、

「女将さん。あたし、前にここへ来たことあるんですよ」

と、おはまは話しかけた。

「あら、そう？」

「ご隠居さんの用事がここへあって来たら、おいしい煮物があるから食べていけって言われて」

「そうだったの」

「いいご隠居さんですよね」

「そうね」

「どうして、家を出たんですか？」

「え？」

「以前は、あの家で暮らしていたんでしょ？」

「そうよ」

「なんで？」

おはまの問いは単刀直入である。若い娘だからできることで、もし、しめが同じようにしたら、不躾《ぶしつけ》なだけだろう。

「あたしも、いたかったのよ。あのまま、ずっと。でも、ここにいると、あんたの命が奪われることになるからって言うから」

「そうなんですか？」

「あたしは信じなかったけど、あの人があんまり真面目な顔で言うものだから。それに縁を切るわけじゃない。あんたに店を持たせ、あたしがそこへ訪ねて行くようにするだけだって」

戸が開く音がした。凶四郎と源次が入って来たのだ。

だが、おはまはそちらを見ようともせず、

「当たりましたよ、ご隠居さんの予言」

と、言った。

「え？」

「殺されちゃいました」

おはまがそう言った途端、女将は真っ青になって倒れかけたのを、入って来たばかりの凶四郎と源次が慌てて支えた。

「しっかりするんだ、女将さん」

凶四郎は、軽くゆさぶるようにしながら言った。

「やっぱり、本当だったのですね。もう五年以上前に言っていたことなので、近ごろは大丈夫だと思っていたんですが」

女将はつぶやくように言い、

「ご隠居は、なんて言ってたんだ？」

凶四郎が訊いた。

「酒呑童子《しゅてんどうじ》に……」

「酒呑童子に？」

「あたしは酒呑童子に殺されるって」

女将の言葉に、一同、顔を見合わせたのだった。

第三章　妖怪出前小僧

一

「酒呑童子だと」

根岸はさすがに目を丸くした。

朝餉《あさげ》の席で、凶四郎やしめから、かまいたちを装って殺された隠居が、以前から酒呑童子に襲われることを恐れていたと聞いたのである。

「なるほど。恐れていた大きな男とは、酒呑童子だったわけか」

「隠居は本気で怯えていたようです」

と、凶四郎は言った。

「それにしても、この前は片腕が落ちていて、お奉行さまは酒呑童子のようだとおっしゃいました」

と、しめが言った。

「そうだったな」

「今度は、本当にその名が出てきました」

「うむ」

「どういうことでしょう？」

「まさか、大昔の化け物が蘇ったかな」

根岸がそう言って薄く笑うと、

「ひぇえ」

と、しめは震え上がった。

「お奉行さま。この前、荷車が番屋に突っ込んできたとき、乗っていたのは、化け物みたいに大きかった気がします。あれが酒呑童子だったのでしょうか？」

と、雨傘屋が訊いたが、

「むふふ……」

根岸は笑って答えない。

「だいたい酒呑童子なんて、ほんとにいたんですか？　鬼なんですよね？　おなごをさらって食べるんでしょ？」

しめは恐怖を抑えつけるようにして訊いた。

「だいぶ尾ひれはついているが、似たような者はいたのだと、わしは思うがな」

「似たような者とおっしゃいますと？」

「山賊のような者が、ときおり都に出て来ては、押し込みなどをしていたのだろう」

「ははあ」

「それに源《みなもとの》頼光《よりみつ》の英雄譚だの、さまざまな伝説だのがくっついて、ああした話になったのではないかな」

「大江《おおえ》山《やま》というのは、本当にある山なんですか？」

しめはさらに訊いた。

「あるらしいな。わしは行ったことはないが。ただ、京都からはかなり遠いらしいから、じっさいはもっと近くの山にでも籠《こ》もっておったのかな」

「大江山とかいうと、いかにも鬼の大将がいそうですものね」

「なるほど。嵐山《あらしやま》の酒呑童子でもよさそうだが、見えている山では、あまり怖くないかもしれぬな」

「では、今度のも、山賊の親玉なのでしょうか？」

「それはまだわからんよ」

根岸としめの話が一段落つくと、

「それで、お奉行。その隠居の喬蔵なのですが、十年前まで、十軒店の茶問屋である夕霧屋の番頭をしていたそうです」

　と、凶四郎は言った。

　そのことは、喬蔵の死を知ってぼんやりしてしまった飲み屋の女将から、ようやく聞き出した話だった。

「なに、夕霧屋の番頭だっただと？　なるほどな」

　根岸の頭のなかで、いくつかのできごとが結びつき出したらしい。

「夕霧屋というのは？」

　と、凶四郎が訊いた。椀田の報告を、凶四郎たちはまだ知らないのだ。

「地蔵橋のところで死んでいた浪人者は、夕霧屋に用心棒として雇われていたのさ」

「そうなのですか！」

「明らかに夕霧屋でなにかが起きているわな」

「そういえば、喬蔵はもともと京都の人間だったみたいです」

　これも夕べ、女将から聞いた話である。

「ほう」

「宇治の茶問屋で小僧をしていたのが、縁あって江戸の夕霧屋にやってきたそうで、以来、京都とは何度か行ったり来たりしたみたいです」

「なるほどな」

「京都の子どもだったら、酒呑童子はずいぶん恐ろしいものだったかもしれません」

「そうじゃな」

「でも、江戸に出てきて五十年も経つのに、まだ酒呑童子に怯えていたのでしょうか？」

「不思議だわな」

「お奉行、この際、夕霧屋のあるじを問い詰めましょうか？」

凶四郎はそれがいちばん手っ取り早い気がしたが、

「さて、正直なことを言うかな」

と、根岸は首をかしげた。

「しかし、言わなければ、まだまだ何かが起きますよ」

「おそらく夕霧屋もそれを予期して、用心棒を雇い、なにか手を打とうとしているのだろう。よほど知られたくないことがあるのだろうな。いま、問い詰めても、おそらく偽りを申すだけだろう」

「そうかもしれませんね」

「じつは、宮尾が用心棒として、夕霧屋のなかに入ったそうだ」

「宮尾がですか？　椀田ではなく？」

凶四郎は意外そうに訊いた。

「うむ。誰が見ても、用心棒という仕事は、宮尾より椀田のほうが似合うわな」

「宮尾は用心棒というより居候《いそうろう》でしょう。それも隙《すき》を見て、女中におかずを一品増やしてもらうような」

凶四郎は、川柳をひねるときのような顔で言った。

「あっはっは。ま、なりゆきで、そういうことになったのだろう。とりあえず、宮尾の報告を待ちながら、そなたたちは周辺で訊き込みをつづけてくれ」

「わかりました」

皆、うなずいて、この日の朝の申し合わせは、これで終《しま》いとなった。

二

「あんたが用心棒だって？」

髭面《ひげづら》の男が、頭から足先まで宮尾を見て言った。いかにも力不足だと言いたげな失礼な態度だが、宮尾はそういうこと——つまり非礼、無礼、失礼などはあまり気にしないし、礼そのものもあまり重んじない。

「宮尾といいます。よろしく」

「剣は遣《つか》えるのか？」

「いちおうは。ただ、手裏剣《しゆりけん》のほうはもっと得意かな」

もう一人の男がうっすらと笑った。女の武器だとよく言われるし、この男もそう言いたいのだろう。

宮尾はすばやく部屋を見回し、

「あの壁の丸い染みに当てようか」

そう言って、小柄《こづか》を抜くと、なにげなく放った。小柄は一寸（約三センチメートル）くらいの染みの真ん中に突き刺さった。

「ほう」

「凄い」

二人とも目を瞠《みは》ったが、髭面のほうが、

「だが、じっさいに戦うときは、相手も動くからな」

と、言った。

「なるほど」

宮尾はうなずき、部屋の隅に置いてあった稽古用らしい木刀を指差し、

「それを適当に振ってくれ」

と、頼んだ。

「こうか」

髭面のほうが木刀を片手で持ち、壁の前でゆらゆらと上下に振った。こんなに揺れ動く剣客は滅多にいないだろう。

宮尾は壁から引き抜いた小柄をもう一度構え、なんら逡巡《しゅんじゅん》することもなく、サラッと放った。

かつん。

と、音がして、小柄は木刀の先に突き刺さっていた。

「手裏剣はこんなもの。剣術の腕は、これよりやや落ちるかな」

宮尾は少し照れたように言った。

髭面のほうが、畏《おそ》れ入ったというように頭を下げ、

「わしは安岡《やすおか》だ」

と、名乗れば、

「根本《ねもと》です」

と、こちらはお公家さんのように上品なほうである。二人とも、手裏剣は女の武器、という説は捨ててくれたらしい。

三人がいるのは、夕霧屋の裏庭にある二階建ての離れで、以前は隠居家だったみたいな風雅な趣の造りである。真向かいには、横綱の回しが似合いそうなくらい、大きくて頑丈そうな蔵が二棟並んでいる。京都から来た茶だけでなく、千両箱もこ

こに納められているのではないか。用心棒が控えるには、いい場所だろう。周囲は高い板塀で囲まれていて、押し込みでも猿の軍団でも、そう簡単には入れそうにない。

昨日の朝、宮尾が女中のおこうに声をかけたところは、蔵の向こう側に当たるのだろう。あそこから直接、蔵のところには来られない造りになっているらしい。

「それにしても、田所はどうしたのかな?」

安岡がひとりごとのように言った。が、明らかに宮尾に聞かせたいふうである。

木刀に刺さった小柄を元にもどした宮尾が、

「誰がどうしたって?」

と、訊いた。

「いや、もう一人、田所丘之進《たどころおかのしん》という用心棒がいたのだが、四日前の晩に外を見回って来ると言って出たままもどらないのだ。もしかしたら、うんざりして逃げてしまったのかもしれぬ」

「ははあ、それがあれかな」

と、宮尾もひとりごとのように、思わせぶりに言った。

「それがあれ?」

「四日前の晩、竜閑川の地蔵橋あたりで、浪人者らしき男の死体が見つかったのさ。

肩口からばっさり斬られていたよ」

「なんだと」

「赤い縞の入った洒落た着物を着ていたな」

「田所だ」

と、安岡は根本を見た。

「肩口からばっさりだと？」

根本が意外そうに宮尾に訊いた。

「それは見事なものだったよ」

「そんな馬鹿な。田所だって、かなりの遣い手だったぞ。やつが肩口からばっさりやられるなど、信じられないな」

「ただ、同じ晩に、恐ろしく太い腕が道端に落ちていたという話もある。もしかして、それと関係があるのかも」

「恐ろしく太い腕だと？」

「うん。いったんは、番屋におさまったのに、何者かが奪って行ったらしい」

宮尾がそう言うと、

「まるで酒呑童子だな」

安岡が言った。

「酒呑童子?」

宮尾は知らないふりをして訊いた。

「御伽草子《おとぎぞうし》に出てくる鬼の化け物だ。京都の者なら、誰でも知っている」

「ほう」

「まあ、それは喩《たと》えだ。その太い腕の持ち主と斬り合ったというのか?」

「ああ。もしかしたら、相討ちになったのかもしれないぞ」

と、宮尾が言うと、

「それならあり得るな」

根本は言った。

「この店の者も知っているのだろうな?」

安岡が根本に言った。

「知っていて、しらばくれているのだろう。だいたい、わしらはなぜ、いつまでも江戸にいなければならないのだ。番頭がなにも教えないというのは気に入らないな」

「よし、番頭に訊いてくるか」

安岡は立ち上がって、中庭から母屋につづく路地に入って行った。

それを見送って、

「あんたはなぜ、ここに?」

根本が宮尾に訊いた。

「知り合いの口入屋に仕事はないかと訊いたら、ここを紹介されたのさ。ただの夜回り仕事くらいに思ったら、用心棒がすでに二人もいるとはな。よほど、物騒なことでも起きそうなのかな」

「そう思うよな。わしらも、わけも聞かされず、ここにいるのだ。ただ、待遇がいいので、ついつい長居してしまっている。これは、考え直さないといけないかもしれぬな」

「そんなにいい待遇なのか？」

「一日二朱に飲み食いはタダだ」

「一日二朱かあ」

宮尾は、一朱と言われている。あいだで口入屋が抜くのだろう。

もっとも、これは夕霧屋に入り込む口実で、賃金のことはどうでもいい。

しばらくして、安岡はもどって来た。

「どうだった？」

と、根本が訊いた。

「さっぱりだ」

いかにも釈然としないという顔をしている。

「答えないのか？」

「旦那に訊こうとしたら、数日前から具合が悪くて、二階で寝ているらしい」

「具合が悪い？」

「番頭は、なんだかしらばくれたことしか言わぬ」

「田所のことは訊いたのか？」

「ああ。斬られて死んだそうじゃないかと問い詰めると、それはいま、町方が調べているから、町方にでも訊けと、こうぬかしやがる」

「ふうん」

「しかも、不満なら、やめてもらってかまわないときた。江戸の用心棒はもっと安く頼めるだとよ」

安岡はそう言って、宮尾を恨みがましい目で見たので、

「おいおい、逆恨みはやめてくれ」

と、宮尾は言った。

「結局、わしらはなんのためにここにいるかはわからぬのか？」

根本が呆れたように訊いた。

「ああ。だいたい、この店はもともと造りもしっかりしてるし、こんな江戸のど真ん中にあるのだぞ。押し込みなんかに入られるわけがないだろうが。そう思わぬ

か？」

「思うよ」

「あとは、化け物が出るくらいか」

「だったら、祈禱師《きとうし》だの神主だのの仕事だ。わしらはお門違《かどちが》いだ」

「どうする？」

「どうしよう」

「まあ、せっかくいい待遇なんだから、お払い箱になるまで、いさせてもらおうではないか。なあ、新人？」

と、安岡が言った。

「そういうことだね」

宮尾は軽い調子でうなずいた。

三

用心棒仕事は、暮れ六つまでは一人が店周辺を警戒すれば、あとの二人は適当に出かけても構わないという。

「では、今日の昼番は新人ということでいいかな」

安岡が言った。

きそうである。

「もちろん、いいとも」

宮尾が承知すると、二人は神田明神でも見物すると言って、出て行った。

一人になると、目の前の中庭は、大きくはないが、野趣あふれるもので、枯れた草が陽に当たって、なかなか味わい深い。縁側で寝転がれば、気持ちよく昼寝ができそうである。

とはいえ、のんびりはしていられない。

まずは、得意な方面から探索することにした。

若い女中が、母屋の雑巾がけをしているところだった。廊下はまっすぐ、表の帳場があるところまでつづいているらしい。ざっと見て、十四、五間(約二六メートル)ほどある。

「やあ、大変そうだね」

女中はちらりと宮尾を見たが、裏手の端まで両手をついたまま駆けて行き、振り向いた拍子に、

「新しく入った用心棒さんね?」

と、訊いた。

「よくわかったね。用心棒に見えないって、よく言われるけど」

「ほんと。なんだか、居候みたい」

「じっさい、そんなもんかな」

「頼りなーい」

「大丈夫だよ。頼りになる人が二人いるんだから。でも、こんなにしっかりした建物なのに、なんで用心棒が三人もいるのかね？」

「ちょっと待って。もう一往復してくるから」

女中はそう言って、長い廊下を両手を雑巾に当てたまま、腰を高々と上げ、表のほうに駆けて行った。その駆けっぷりは、なにかの競走に出したいくらい見事なものである。

往復して来て、

「なんだったっけ？」

「用心棒が三人もいるわけ」

「あ、そうだ。あたしらもよく、わかんないんですよ。ただ、なんか変な気配はあるの」

「変な気配？」

宮尾が訊いたとき、横の廊下からハタキとホウキを持った女中が現われ、

「あら、新入りの用心棒さん」

と、にっこり笑って言った。

「宮尾と言うんだ。よろしく」

　宮尾は二人を交互に見て言った。

「おさとです」

　と、雑巾がけしていたほう。

「おきよです」

　ハタキとホウキのほう。

「ここに猫はいないよね？」

「猫はいませんけど」

「猫がいると、ミヤオ、ミヤオって呼びつけにされるんだよ」

「あ、面白い！」

　と、二人は笑った。

「それで、変な気配のことだけど？」

「ああ、そう。ねえ、おきよちゃん。ここ、最近、なんかおかしいよね」

「おかしいよ。だって、用心棒でいちばん強そうだった田所って人、いたでしょ。あの人、外で斬られて死んだみたいよ」

「ええっ、そうなの」

「あたしもさっき、手代の清吉《せいきち》さんから聞いたばっかりなんだけどね。しかも、おこうちゃんが、昨日、あたしたちに挨拶もせずに辞めたでしょ。これで、三人目だよ。急に辞められて、困るよ。それも二階の用事をしてた人ばかりだもの」

おきよがそう言ったのには、宮尾も驚いて、

「え、おこうちゃん、いなくなったの？」

と、思わず訊いてしまった。

「おこうちゃん、知ってたんですか？」

「うん。一度、そっちの甘味屋でしゃべったことがあるよ」

と、宮尾は適当にごまかした。

「そうだったの。おこうちゃん、いい男、好きだからね」

おきよはそう言って、からかうような視線を宮尾に向けた。

「いや、わたしは一見いい男に見えて、じつは見かけ倒しだからね」

「そうなの？」

おきよはがっかりした顔をした。

「ま、そのうちわかるよ。それにしても、田所という用心棒といい、女中さんが三人もいなくなった話といい、変だね」

「でしょ？」

「あるじや番頭さんたちは、なにも言ってないんだ？」

「なにも聞いてない」

「女中さんたちのことも？」

「番頭さんは、親の具合が悪いとか、嫁に行くらしいとか言ってたけど、なあんか嘘臭かったですよ」

おきよがそう言うと、

「あたしも、ここ、辞めようかなあ」

おさとはしょんぼりしてしまった。

「ま、もうちょっとようすを見ていたらいいさ。わたしがどうにかしてあげられるかもしれないぜ」

「あら、宮尾さん、頼りになりそう」

「じゃあ、頑張って働くか」

宮尾は軽く袖をめくって、さほど太くもない腕を見せた。

「うーん、やっぱり不安かな」

女中たちの話はそれで終わり、二人で表のほうにもどって行ったが、宮尾はしばらくのあいだ、首をかしげながらそこに立ち尽くしていた。

四

一方——。

しめと雨傘屋は、夕霧屋の周辺を、近ごろおかしなことはなかったかと訊き回っている。

「こんなときは、表店《おもてだな》のほうを回っても駄目だよ」

と、しめは雨傘屋に言った。

「裏のほうを回るわけですね」

「そう。それで、女中だの、小僧だのに訊いたほうが、ほんとのことが聞けるんだ。とくに大店ってのは、表の顔はきれいごとだよ」

「なるほどね」

ちょうど裏通りに、女中が出て来て、拭き掃除に使った桶の水を捨てるところだった。

「訊きたいんだがね。最近、ここらで妙なことが起きたりしてないかい？」

しめは、チラリと十手をみせて訊いた。

「妙なことですか？」

「いままでなかったことだよ」

「ああ、そういえば、出前小僧ってのが出てるとか」

「出前小僧？　小僧の使いかい？　それとも出前の振りした泥棒かい？」

「違いますよ。妖怪らしいです」

「ほんとかい？　ここにも出たの？」

「うちじゃなくて、お隣の〈能登屋《のとや》〉のご隠居さんは見たそうです」

と、女中は隣を指差した。

隣に足を向けると、そこは表店の裏庭で、通りに面して小さな隠居家がつくられてある。いま、庭先で大きな甕《かめ》のなかをのぞき込んでいるのが、ご隠居さんらしい。

「どうも、ご隠居さん」

と、しめは気軽に声をかけた。

「なあんですかあ？」

ご隠居は、お婆さんの霊でも背負っているような、間延びした返事をした。

「出前小僧。来たんだってね？」

「ああ、来たよ。可愛くて、けなげだったねえ」

「出前のなにかを持って来たのかい？」

「そう。あたしが夜、ここで書見をしていたら、子どもの声で、『出前の品をお持ちしました』と言うんだよ。なにを言ってるのかと、縁側の板戸を開けて外を見ると、小さな子どもが岡持ちを提げて立っているじゃないか。あたしが、『そりゃあ間違いだな。うちじゃ頼んでないよ』と言うと、『え？　能登屋のご隠居さんですよね？』と訊くんだよ。『そうだけど、あたしは頼んでないよ』と言うと、もの凄く悲しそうな顔をするんだよ。子どもが、こんな悲しそうな顔をするかねというくらいにね」

「泣いたのかい？」

「泣きはしないんだ。泣くほうがまだ子どもらしいやね。でも、その子は、しょぼんとしちまってね」

「幾つぐらいの子なの？」

「そうだねえ、七つ、八つ、そこいらだね」

「そうなんだ」

しめも聞いていて、なんだか胸が締めつけられるような気がした。

「それで、あたしも可哀そうになっちまって、『しょうがねえな。置いときな。お代はいまやるから』と言って、巾着の銭を取るのに背を向けたんだよ。それで、振り向いたときにはいなくなっていたんだな、これが」

「逃げたんだね？」

この隠居の足では、赤ん坊のハイハイにも追いつけないだろう。

「というより、消えたとしか思えないんだよ。だって、あたしはすぐ、ここから顔を出して、左右を見回しても、いねえんだから」

「でえいち、あんな真っ暗な中を、提灯も持たずにどうやって来るんだい？」

「そんなことを、あたしに訊かれても困るよ。あたしは幽霊案内なんかやったことないんだから」

「それで、小僧はいなくなったんだけど、この縁側の上がり口に、きつねそばが置いてあったんだよ。湯気がふわふわと上がっていて、いかにもうまそうでね」

「まさか、食べてないよね？」

しめは顔をしかめて訊いた。

「食べたよ」

「うわっ」

しめは、どぶ水でもすするところを見たような顔をした。

「そりゃあ、あたしも一瞬、これは毒が入っているかもと思ったよ。子どもは愛らしかったけど、なんか変だった。しかも、そばの代金も受け取らずにいなくなっただろ。あとで考えたら気味悪いことばかりだが、そんときは『可愛い子どもがせっかく届けてくれたんだから』と思って、食っちまったんだねえ」

「うまかったかい？」

「うまかったよ」

「そのあと、腹痛だの下痢だのは？」

「そんなものはないよ。だが、いま考えると、あれはやっぱりお化けだね」

「そうなの？」

「ああ。あの悲しげな顔。あれは生きている子どもの顔じゃない。なにかよっぽど悲しいことがあって、死んだ子どもの顔だよ」

隠居は、泣きそうな顔になって言った。


つづいて、しめと雨傘屋は、十軒店からすると裏手に当たる金吹町《きんぶきちょう》の番屋に顔を出してみた。

「ここらで、出前小僧とかいうのが出てるって聞いたんだがね」

「あ、しめ親分。そうなんですよ。気味が悪いって言ってる人が多くてね」

顔見知りの番太郎が言った。

「まさか、化け物じゃないんだろ？」

「出会った人は、皆、そっちだと思ってるみたいですぜ」

番太郎は声を低めて言った。

「ほら、近ごろ、黄表紙などでよく見かけるけど、子どもの妖怪で豆腐小僧ってのがいるよな？　あれみたいなやつかね？」

と、雨傘屋が訊いた。

「いや、あんなんじゃないですよ。笠もかぶってねえし、豆腐も持ってませんから。それに、豆腐小僧はどことなく愛嬌があるでしょう。出前小僧は、愛嬌はこれっぱかりもないですから」

「あんたも見たのかい？」

しめが訊いた。

「いや、あっしは聞いただけです。そいつは必ず裏口のほうからやって来るみたいなんです。だから、こういう造りの番屋とか、裏店の長屋なんぞに出てこないんですよ」

「生意気なお化けだね」

「生意気なんですよ」

「いつごろから出てるんだい？」

「ふた月ほど前からですかね」

最近のことかと思ったら、ずいぶん前から出ていたらしい。

「悪戯《いたずら》にしちゃ、金がかかるよね」

「それはそうです。そばをタダで配っているようなものですからね」

「出たのは、どこだい？」

「あたしが聞いたのじゃ、能登屋のご隠居さん、〈磐城屋《いわきや》〉の旦那さん、〈周防堂《すおうどう》〉の旦那さん、〈浜松屋《はままつや》〉の番頭さん、〈明石屋《あかしや》〉の女将さん、〈信濃屋《しなのや》〉の女将さん、〈玉川屋《たまがわや》〉の旦那の妹さん……そんなところですか」

雨傘屋が店の名を手帖に書き取った。

「能登屋のご隠居の話は聞いたよ」

しめは言った。

「そうですか。もっとも、誰に聞いても、話はいっしょですよ」

「どこも大店だね」

「そうなんです」

「皆、なにも思い当たることはないのかね？」

「近ごろは子どもの祟《たた》りだと言う人もいるみたいです」

「子どもの祟り？」

「あたしはよく知らないんです」

「じゃあ、なにかわかったら教えておくれ」

しめはそう言って、番屋を出た。

それから、名前の出た店をぐるっと回ってみた。能登屋も入れて七つの店を見たが、さほど時間はかからない。十軒店の通りと、本石町《ほんごくちょう》に集中している。

「あんた、なにか気がついたかい？」

しめが雨傘屋に訊いた。

「どこも近いところですよね」

「へっへっへ。気がついてないんだ」

「あれ？　どこも老舗でしょ？」

「それはそうだが、もっと肝心なことだよ」

「え？」

「出るのは、夕霧屋の周辺だけだろうが」

しめは、雨傘屋の足を蹴りながら言った。

「ほんとだ」

「だろ」

「ということは、出前小僧は夕霧屋と関わりがあるんですか？」

「あるんだろうね」

しめは嬉しそうに笑った。

五

宮尾は、夕霧屋の周囲を何度も回り、もしも押し込みがあるとしたら、どこから来るかをつぶさに確認した。だが、いくら見ても、ここに押し込むのは容易なことではないと思った。塀は充分な高さがあるし、頑丈にできている。

内部に押し込みの一味が紛れ込んでいて、なかから戸を開けたとしても、誰かが大声を出せば、この界隈は番屋も方々にあるし、木戸番小屋も多いので、たちまち騒ぎになるはずである。捕まるために押し込むようなことになるだろう。

──では、何に怯えているのだ？

用心棒の部屋で考えていると、いきなり戸が開けられた。

立っていたのは、いかにもご馳走を食べて肥えた感じの、四十くらいの女だった。美貌と言えなくもないが、額の両端に梅干しみたいなものが貼りつけられ、首の周りにタヌキの死骸らしき襟巻をしているのは、変わっていると言われる宮尾の審美眼に照らし合わせても、いい点はあげられなかった。

「あなたが、新しい用心棒なの？」

女は甲高い声で訊いた。

「はあ」

「強いの？」

「酒が？」

「馬鹿じゃないの」

「剣ならいささか」

「いささか、かい」

「なんなら立ち合いましょうか？」

女は答えず、じいっと宮尾を見て、

「ふん」

と、鼻を鳴らし、ばたんと勢いよく戸を閉めていなくなった。

あの態度の大きさは、女中でも飯炊き女でもなく、この店の女将なのだろう。それにしても、これだけの店で女将をするなら、もう少し愛嬌だのお世辞だのお小遣いだのがあってもよさそうではないか。

「なんだ、ありゃ」

そうつぶやいたとき、今度は戸の向こうで、

「ねえ、宮尾さん」

と、声がした。

「なんだい？」

戸を開けると、女中のおさとがいて、

「宮尾さん、おいしい饅頭あるんだけど」

満面の笑みで言った。

「あらま」

「よかったら食べない」

「それはぜひ」

招かれたのは女中部屋である。

八畳間に、二畳分ほどの縁側がついている。用心棒の離れとは反対側の裏手にあって、すぐ外は物干し場になっている。この前、宮尾がおこうに声をかけたのも、この物干し場だった。

すでに顔見知りのおさととおきよのほか、もう一人、女中がいた。こちらは二人よりだいぶ年配である。

「宮尾さん。こちらは女中頭のおうめさん」

「どうも、宮尾です」

「このあいだまで、女中は六人いたんだけど、ばたばたと辞めてしまいましてね」

と、おうめが言った。

「そうらしいですね」

「あたし、意地悪でもしたかしらと気になってたんだけど」

おうめがそう言うと、おさととおきよが首を横に振り、

「おうめさんのせいじゃありませんよ」

と、おさとは言った。

「それで、押し込みとか、脅迫とかがあったら、用心棒の人に助けてもらうことになるんだから、ちょっとお茶とお菓子くらいでもてなさなきゃって、三人で相談したんですよ」

おうめは、おさととおきよを見ながら言った。

宮尾はにっこり笑って、

「もちろん、曲者《くせもの》が現われたら、女中さんたちに手出しはさせませんよ」

「まあ」

「そのかわり、なにかあったら、すぐに大きな声で悲鳴を上げてくださいよ。変なことがあったら、まず悲鳴。遠慮は要りませんよ」

「わかりました。それを聞いて安心しました」

女中たちは、いそいそと羊羹《ようかん》とお茶を出してくれる。いい香りのお茶で、一口含むと、爽やかな甘味が感じられた。

「こんないいお茶を飲んでるんだ?」

宮尾は感心して言った。

「そりゃあねえ、お茶問屋だから。その分、ご飯のおかずは質素だわよ」

と、おさとが言った。

「そうなの」

「でも、清吉《せいきち》さんが言ってたけど、近ごろ、なんとなく売上が落ちているんだってね」

　おきよがそう言うと、

「あ、それ、良吉《りょうきち》さんからも聞いたわよ。たぶん、今年は去年に比べて一割から二割ほど減るんじゃないかって」

　おうめが言った。

「やっぱり、ほんとなんだ」

「それも、秋以降の落ち込みがひどいって」

「なんでだい？」

　と、宮尾が訊いても、

「わからないんですよ」

　女中たちはいずれも見当がつかないらしい。

「でも、若旦那ののん気そうな様子を見ると、皆、なんとなく安心してしまうんだよね。ああやって、吉原遊びをつづけていられるんだから、この店も大丈夫なんだって。あれは若旦那の、不思議な人徳だよね」

　と、おうめが言った。

「そういえば、前の〈山形楼《やまがたろう》〉の女中で、おきいちゃん」

と、おさとがなにか思い出したらしい。

「うん、おしゃべりおきいちゃん」

「山形楼も、最近、客足がぱったりだって」

「へえ」

このやりとりに、

「山形楼ってのは、確か料亭だったね？」

と、宮尾は訊いた。

「そうですよ。うちと同じく、代々の老舗ですよ」

おうめが言った。やはり女中頭としては、老舗というのは自慢らしい。

「ここの旦那も山形楼にはよく行くのかい？」

「どうでしょう。そこよりは、やっぱり〈百川《ももかわ》〉に行くほうが多いんじゃないかしら」

「そうか、百川にな」

江戸屈指の料亭である。

「ところで、さっき、女将さんみたいな人が部屋に入って来て、わたしを睨みつけて行ったんだけどね」

「怖いでしょ」

おうめが首を亀のように引っ込めて、小声で言った。

「怖かったね。女将さんのことは、なにか知ってる？」

「あの人は、二度目の女将さんなんですよ」

「ふうん」

「もともとは、どこかの神社の巫女《みこ》だったそうなんだけど」

「ほう」

「でも、前の女将さんを体《てい》よく追い払って、女将の座に着いたんですって」

「巫女が？」

「神通力でもあるんですかね」

「いつごろの話？」

「二十年くらい前だと思いますよ」

「追い出された女将さんはどうしたんだろう？」

「あたしも、前の女中頭だったおきんさんて人から聞いたんですが、もともと京都の宇治から来た人で、宇治に帰ったんじゃないかって」

「子どもはいなかったのかね？」

「赤ん坊が生まれたばかりだったみたいですよ」

「赤ん坊ごと、宇治に帰ったんだ」

「それで、そのことでは、あたしも会ったことはないんだけど、先代の番頭さんがいろいろ助けてあげたみたいですよ」

「先代の番頭さんていうと、喬蔵さんていう人かい?」

「あ、そうです。宮尾さん、よくご存じですね」

「うん。その人、最近、かまいたちに遭って亡くなったんだよ」

「ええっ、かまいたちに?」

「やあだ」

「怖い」

女中たちは震え上がった。

「でも、わたしは町方に知り合いがいるんだけど、聞いたところでは、かまいたちで死んだというのは見せかけで、ほんとは殺されたんだって」

「そうなんですか」

殺されたから安心というわけでもないだろうが、女中たちは殺しより、かまいたちのほうが怖いらしい。

「それで、その喬蔵さんは、どうも酒呑童子ってのを恐れていたみたいなんだけどね」

「酒呑童子って、大江山の？ 御伽草子に出てくる化け物？」

「そうそう。ここで、そんなのが出たりすることある？」

「いやあ、聞いたことないですよ。酒呑童子なんて、大昔の化け物でしょ」

「そうなんだけどね」

女中たちは、首をかしげあったりしていたが、

「あ、もう夕飯の支度とかしなくちゃ」

おうめがぽんと手を叩いて言った。

宮尾も立ち上がり、

「うん。あんたたちの無事は保証するから安心して」

「宮尾さま。頼りになる。ぜんぜん見かけ倒しじゃないですよ」

「ほんとよね」

どうやら女中部屋で、宮尾の人気が爆発しそうだった。

六

暮れ六つ近くなると、出かけていた安岡と根本が夕霧屋に帰って来た。二人とも江戸土産みたいなものを買ってきたところを見ると、京都に家族がいるのかもしれない。

「ちょっとだけ出かけてもいいかな」

　と、宮尾が言った。

「気をつけろよ」

「逢魔《おうま》が刻《とき》ってやつだぞ」

「ああ、すぐもどるよ」

　それから宮尾は、外に出ると、夕霧屋の前に立ち、山形楼と見比べた。

　老舗の茶問屋と、老舗の料亭。つながりはあるのか。それは料理の最後にお茶くらいは出るだろうが、それほど緊密なつながりはないのではないか。夕霧屋の旦那も、百川のほうによく行くと言っていた。だが、どちらも商売は落ち目らしい。

　いつもながら十軒店の人通りは多い。まっすぐ南に行けば日本橋で、ここは江戸の中心と言える通りなのだ。

　宮尾は日本橋のほうには向かわず、北に向かい、すぐに右に曲がって本石町の番屋に入った。

「よう、用心棒が来たぞ」

　と、宮尾が笑いながら言った。

「用心棒というより、女中に好かれる居候」

　椀田がそう切り返すと、ほかの面々も笑った。椀田のほかにも、凶四郎と源次、それからしめと雨傘屋も来ていた。夕霧屋の調べでは、ここを連絡場所にしたのだ。

「どうだ、なにかわかったか？」

「うん。まだ、いろんなことが結びつかないんだがな……」

と、宮尾はこれまでわかったことをざっと説明した。

なかにいる用心棒も、女中たちも、なにが起きているか、わからないでいること。

ただ、女中が最近、三人つづけて辞めたこと。

恐そうな女将は巫女上がりで、前の女将を追い出すように後釜に座ったこと。

前の女将は京都の宇治の人で、追い出されて宇治に帰ったらしいこと。しかも、赤ん坊を産んだばかりだったらしいこと。

それについては、殺された元番頭の喬蔵が助けたらしいこと。

そして、夕霧屋の売上がなぜか、このところ落ちてきていること。それは真ん前の料亭である山形楼も同様であること……。

これらを語り終えて、

「追い出された前の女将がもしかしたら、いまも夕霧屋と女将を恨んでいるかもしれないよな」

と、宮尾は言った。

「酒呑童子のことは？」

「それは誰もぴんと来ないみたいだったね」

「旦那も？」

「旦那は病で臥《ふ》せっているんだと」

「仮病臭えな」

「ただ、あの店はかなり頑丈に造られていて、押し込みなどは難しいんじゃないかな」

宮尾がそう言うと、

「いや、あそこは二階が手薄だぞ」

椀田はそう言った。

「二階が？」

それは宮尾も思ってもみなかった。

「二階のどこかに縄を結んで、それを伝って侵入するのさ。一階が大丈夫と思っているだろうが、いきなり二階の旦那と女将をやってカギを奪い、そおっと蔵を開けて、千両箱を盗み去る」

「あんたならそうする？」

宮尾が訊くと、ほかの面々も笑った。

「そういえば、二階に行く階段には戸がつくってあり、内側からしか開けられないようになっていたよ」

と、宮尾が言った。

「それを知っていたら、なおさらだよな」

「もどったら、対策を練ることにするよ」

宮尾はうなずき、

「あんたたちのほうでわかったことは？」

と、面々を見た。

「いや、さすがに内部に入った者ほどのことは聞けないが、その前の女将が産んだという赤ん坊だがな、ちょっと変わっていたという話は聞いたよ」

と、凶四郎が言った。

「変わっていた？」

「恐ろしく大きかったんだと。それで、その子を取り上げた産婆を捜して訊いてみたら、じっさい、あたしが取り上げた子どものなかではいちばんだと。めでたい、めでたいと大喜びしたとも言っていたよ」

「ほう」

これには一同、首をかしげた。

そんなめでたい子が、なぜ追い出されたのか？

「それと、このあたりで、出前小僧というのが出没してるんですよ」

と、しめが言った。

「出前小僧だと？」

宮尾がしめを見た。

「こういうんですが……」

と、小僧の特徴を伝え、

「出ているところは、ぜんぶ、夕霧屋の周囲なんです」

「そりゃあ、なにかあるな」

宮尾もうなずき、

「いかん。すっかり話が長くなった」

と、慌てて夕霧屋にもどって行った。

七

夜の五つ（八時）時分――。

凶四郎と源次は、十軒店の裏通りを歩いていた。

師走を迎えようというのに妙に生暖かい晩である。こういう晩は、往々にして薄気味悪いできごとに遭遇するのだ。

大店がつづく通りの裏というのは、静かなものである。店終いが早く、いつまでもだらしなく夜更かしをする者も少ないのだ。

すると、五間（約九メートル）ほど先に、小さな子どもの影が見えた。どうやら、商家の裏口に立ち、なにかを運んできたらしい。片手に持っているのは、小ぶりの岡持ちである。

「おい、源次」

「ええ。さっき、しめさんが言ってた出前小僧ですね」

ちょうど近づこうというとき、向こうも立ち去ろうとしていたらしい。チラリとこっちを見て、足を速めた。

「追うぞ」

「ええ」

足を速めるが、なにせ真っ暗である。提灯をかざすが、足元は覚束《おぼつか》ない。走れば、なにかに足を取られて転ぶ恐れがある。出前小僧は、二度ほど角を曲がったが、たちまち行方を見失った。

「二手に分かれますか？」

「いや、無理だよ。こういうところは、子どもじゃねえと通れねえところもある。それより、さっきの家にもどってみようぜ」

来た道を引き返すのも容易ではないが、

「確かそこだったな」

「ええ」

裏口が開いていて、なかで初老の男がぼんやり座っている。

「町方の者だがな」

凶四郎が声をかけた。

「あ、これはどうも」

「このお宅は？」

「〈笹屋《ささや》〉という菓子屋の裏口になります。あたしは隠居の嘉右衛門《かえもん》と申します」

「いま、子どもが来ていたな？」

「はい。噂の出前小僧でしょう。ずいぶん話は聞いてましたが、まさかほんとに現われるとは思いませんでした」

「それかい、届いたのは？」

嘉右衛門の膝元に湯気が立つそばが置いてある。

「はい。これも噂どおりのきつねそばですな」

嘉右衛門は持ち上げ、汁をすすった。

「おい、大丈夫か？　毒かもしれねえよ」

「いや、皆、食べても大丈夫だと言ってますから。確かに、うまい汁です」

「ほう」

嘉右衛門はさらに割り箸を持って、そばをたぐった。

「うん、そばもおいしいです」

「なんてこった」

凶四郎は、むしろ嬉しそうに食べる嘉右衛門に呆れている。

「このあぶらげもいい具合ですよ」

三角に切られたあぶらげの一枚も口に入れた。

「なんで、きつねそばなんだろうな?」

と、凶四郎が訊いた。

「きつねのしわざだから?」

「そんな馬鹿な」

「そういえば……山形楼で最後に出るそばも、きつねそばでしたな」

「山形楼?」

「十軒店にありますでしょう。大きな老舗の料亭が」

「あるな」

しかも、そこは夕霧屋の真ん前で、さっきは夕霧屋同様にこのところ売上が落ちていると、宮尾から聞いたばかりである。

「あそこは、料理の最後に出るそばがうまいのでも評判なんです。あ、似てますよ、あのそばと」

「そうなのか」

「あぶらげが、こんなふうに山形に並べられているところまで」

「ふうむ」

「やっぱり、噂どおりに山形楼さんは、祟られているのかもしれませんな」

嘉右衛門は、心配そうに言った。

凶四郎と源次は顔を見合わせた。やはり、生暖かい晩は、こういうことになるらしい。

「なんで祟られるんだい？」

と、凶四郎は訊いた。

「あたしも、こういう話はしたくないんですよ」

「あんたも祟られるってかい？」

「そうじゃなくて、他人の悪口を言うのはね」

「気持ちはわかるが、話してもらいてえな。ただの幽霊話じゃ済まねえかもしれねえよ」

「わかりました。これは、誰が言い出したかわかりませんが、出前小僧というのは、二十年ほど前に、いまのあるじに殺された妾の子で、それが崇っているんだというんですよ」

「殺された？　妾の子？　それは、夕霧屋の話じゃなくて？」

夕霧屋の話に似ているのでは？　と、凶四郎は思ったのだ。しかもしめは、出前小僧は夕霧屋の周辺に出没すると言っていた。なにか、話がごっちゃになっているのではないか。

「夕霧屋さん？　いえいえ、山形楼さんの話ですよ」

「ほんとにそんなことがあったのか？」

「わかりません。噂ですから」

「噂にしても、穏やかじゃねえぜ」

「ですから、申し上げたくなかったので」

と、嘉右衛門は顔をしかめた。

「ということは、さっきの小僧は、幽霊だと思うのかい？」

凶四郎が訊くと、嘉右衛門は大きくうなずいて言った。

「それはそうでしょうよ。あの悲しげな顔を見せたかった。人間の子どもなら、あんな顔はできませんよ」

八

凶四郎と源次は、細い横道を抜け、十軒店の大通りに出て来た。

「こうなりゃ訊いてみようじゃねえの、噂の本人に」

と、凶四郎は言った。

「山形楼のあるじにですか？」

「ああ。料亭だもの、まだ店は開いているだろうよ」

「そうですね」

「目の前の夕霧屋じゃ、人が死ぬようなことが起きてるとき、子どもがちょろちょろするような怪談話が噂になっているのは目障りでしょうがねえや」

「まさか、夕霧屋の件と関わりが？」

「それも確かめるのさ」

凶四郎は表口から山形楼ののれんを分けて、なかに入った。料亭なら、奥から三味線の音や、酔った唄声が聞こえてきそうだが、静まり返っている。

女将がすぐに来て、

「ご飲食で？」

眉をひそめながら訊いた。

「そうじゃねえ。旦那に訊きてえことがあってな」

「では、こちらに」

帳場のわきの小さな部屋に通された。掛け軸もなにもなく、客を入れる部屋ではない。客の荷物でも入れる部屋だろう。

まもなくあるじが現われた。六十前後の、料亭のあるじにしては痩せていて、酒や料理より、煙草と佃煮が好きという感じがする。

「あるじの金右衛門《きんえもん》でございます。お訊ねのこととは？」

伏し目がちに訊いた。

「じつは、この界隈に出没している出前小僧のことなんだがな」

凶四郎が言うと、

「ああ」

と、金右衛門は露骨に嫌な顔をした。

「聞いてるのか？」

「はい。手前どもが祟られているというのでしょう。それも、あたしが殺した妾の子というのに」

「穏やかじゃねえ話だよな」

「ひどい迷惑ですよ」

「じっさいは、どうなんだい？」

「そんなわけありませんよ」

「根も葉もねえ話なのかい？」

「それは……」

「火のないところに煙は立たねえって言うわな」

「近い話はありました」

「ほう」

「二十年前のことです。当時のあたしの妾の子が亡くなったんです」

「そうなのか」

「それで、当時もあたしが殺したというような、くだらない噂が立ったんです。それで、町方でも調べに入りまして、すぐに根も葉もない噂だとわかっていただきました。妾の子は、明らかに当時の流行《はや》り病《やまい》で亡くなったんですから」

「そうだったのかい」

金右衛門はちらりと帳場にいる女将を見て、

「あのとき、あたしはがっかりしたんですよ。いま、思っても、あの子が生きて、板前にでもなってくれていたら、ずいぶん助かっただろうと思ったりします」

と、小声で言った。

「じゃあ、なんでいまごろ出前小僧なんてえのが出てきたんだい？」

「わかりませんよ。しかも、あたしんとこの売りのきつねそばを届けたりするみたいですね」

「ああ。味も見た目もよく似ているらしいぜ」

おそらく、かつての話を知っている者が、その話を蒸し返し、尾ひれをつけてばらまいたのだろう。

「どういうつもりなんでしょう」

「恨まれてるのかい？」

「そんな覚えはないのですが……」

金右衛門は首をかしげた。

確かに、他人に対して力で押す人間には見えない。どこか気の弱さも感じさせる。こういう人間は、あまり深い恨みは買わないのではないか。

「恨まれてなかったら、なんでこんなうわさを立てられるんだろうな」

「さあ……でも、この客足では、うちはたちまちつぶれてしまいますよ。だいたいが、借金で回しているような内実でしたので」

金右衛門はため息とともに言った。

凶四郎は山形楼を出ると、奉行所の記録を確かめたくて、南町奉行所に走った。

源次には、本石町の番屋で待ってもらうことにした。

宿直《とのい》の同心に、ちょうど例繰方《れいくりかた》の若い者がいたので、二十年前、山形楼を調べた件について記録を当たってもらった。

「つまらねえことだから、記録があるかどうかはわからねえんだがな」

「ちょっとお待ちを……あ、これですね」

「あったかい？」

「十軒店の料亭山形楼のあるじに、妾の子を殺害したという噂あり。探索の結果、妾の子は明らかに流行り病で亡くなったことが判明。単なる噂で、町方としてはこれ以上、介入はせず……と、あります」

「そうか」

「担当は、土久呂《どくろ》静三郎《せいざぶろう》と」

「おやじだよ」

と、凶四郎は苦笑した。

もう一度、本石町にもどろうとしたとき、

「お、土久呂。こんな刻限に奉行所にいるのは、珍しいではないか」

と、根岸に声をかけられた。

「は、じつは……」

出前小僧の件を手短に報告して、

「もちろん、出前小僧はお化けでもなんでもないと思うのです」

「そりゃあ、そうさ」

「でも、なにゆえに、そんな仕掛けをし、昔の噂をぶり返しているのでしょう？」

「わからぬか？」

と、根岸は微笑んだ。

「はい」

「客足はガタ落ちで、山形楼は夕霧屋の真ん前にあるのだろう？」

「ええ」

「その場所を欲しいからだろうが」

「あ」

「夕霧屋になにかしようと思っているやつのしわざだよ。それで、わしも酒呑童子のことを考えてみたのだが、酒呑童子の元の話は、捨て童子伝説だという説があるのさ」

「捨て童子……？」

「この一件、やはり元は二十年前までさかのぼるのだろうな」

根岸は遠い目をして言った。

九

同じ夜の五つ過ぎ——。

凶四郎と源次が、出前小僧を見かけて後を追い、結局見失ってから、ほんの四半刻（約三十分）ほど経ってからである。

しめと雨傘屋が、そこから一本南にずれた道を見回っている途中だった。

「なんだか、今日はやけにあったかいね」

じっさい、しめは鼻の頭に汗をかいている。

「親分、着込み過ぎだからですよ」

「じゃあ、今日はあったかくないのかい？」

「いや、あったかいです」

「あんた、最近、素直じゃないね。ちょっと活躍してるからって、いい気になるんじゃないよ。あんたの代わりに、あのおはまを子分にしたっていいんだから」

「ああ、おはまね。あっしも、そんなにしめ親分に憧れるなら、捕り物の手伝いをしてみたらどうだって勧めたんですよ」

「なんて答えた？」

「お腹にややがいるみたいだし、あたしは子どもは少なくても七人は欲しいので、それは無理だって言ってました。惜しいですよね。親分を超える女岡っ引きになれるかもしれないのに」

「あたしを超える？」

「あ、いや、親分に迫る……」

下っ引き仲間からは、しめ親分は楽だろうと言われるが、意外にひがみっぽくて、言葉遣いに注意が要るのだ。

ちょっと先に、提灯の明かりが見えた。夜鳴きそば屋が出ていた。

「こんな夜の早いところに出しても、客はあんまり来ないだろうに」

「まだ、新米なんじゃねえですか」

二人とも腹は減っていないので、横目で見て通り過ぎた。若い男の横顔がチラリと見えた。端正な顔立ちだった。

それから、横道に入ったとき、子どもが岡持ちを持って、商家の裏口に立っていた。

「おい、まさか」

「出前小僧ですかね」

子どもは急いで岡持ちからそばを出すと、身を翻《ひるがえ》した。

「やっぱりだ。逃げる気だよ」

「捕まえましょう」

だが、子どもは足が速い。たちまち暗闇に消えていく。

「追うよ」

さっき小僧が立っていた商家の裏口の前を通り過ぎようというとき、なかから番頭だか手代だかが出て来て、

「いまのは、噂の出前小僧かあ?」

と、間の抜けた声で言った。

そんな声は無視して、しめと雨傘屋はあとを追う。

「叱るんじゃないよ。わけを話しておくれ」

しめは遠ざかる小さな影に向かって言った。

「お駄賃もやるから」

と、雨傘屋もつづける。

「そう。この兄ちゃんが二分やるって」

「そんなにはやりませんよ」

「いいんだよ」

小僧は、路地を抜けた。すると、さっきの夜鳴きそば屋の屋台があり、その陰に

駆け込んだ。

「あいつが小僧を操っていたんだ。そばは、あそこでつくってたんだ」

「そういうことですね」

すぐ近くまで迫ったとき、屋台が動き出した。それが驚くくらいに速い。荷車を使った、珍しい造りの屋台らしかった。

「待て、こら」

しめは足の速いのが自慢である。むくむくと着込んだ着物をからげて走り出そうとしたとき、突如、目の前に信じがたいものが現われた。

「きゃあ」

しめが悲鳴を上げた。

「あわわ」

雨傘屋が腰を抜かした。

現われたのは、身の丈七尺（約二メートル）はありそうな、とんでもない巨漢だった。背丈だけでなく、途方もない幅もあり、顔の大きさときたら、人の顔三つ分ほどはありそうだった。

しかも、その形相《ぎょうそう》ときたら、憤怒をたぎらせたように真っ赤で、大きな目は油でも差したみたいにぎらついていた。

「お助けを」

しめが震える声で言った。

「て、てめえ、このあいだ、鍛冶町の番屋から片腕をかっさらっていったやつだな。お、おめえが酒呑童子か？」

雨傘屋が訊いた。尋ねる勇気があっただけ、たいしたものである。

「うぉおーう」

われは酒呑童子だと言わんばかりに咆《ほ》えた。それから、しめの十手を取り上げると、右手で持ち、地面に先をつけて、足で踏みつけた。いくらか細身とはいえ、鉄製の十手が、いとも簡単にぐにゃりと曲がった。

「ぐぇっ」

しめは気を失い、目覚めたときは、本石町の番屋に寝かされていた。

十

数日後——。
十軒店で代々つづいてきた老舗の料亭の山形楼が、倒産して所有者が変わることになった。ここの板前だった男から洩れたらしい話によると、まだ、やろうと思えばやれたのだが、素晴らしく好条件の買い値を持ち出してきたところがあって、あるじも決断したらしい。

なんでも、替わって所有者となったのは、〈桐壺屋《きりつぼや》〉という京都の茶問屋だという。

この話を聞いて、店の前に集まった近所の者は、

「京都の茶問屋だって？」

と、向かいの夕霧屋を見た。

宇治茶を扱う夕霧屋と、もろに商売がぶつかるではないか。

ところが、そこらの事情に詳しい者もいて、

「といっても、桐壺屋ってえのは、煎茶や抹茶は扱わねえらしいぜ」

「茶問屋なのに？」

「紅い色をした南蛮茶に、やけにいい匂いのするコーチンの茶、ほかにハト麦茶や柿の葉茶といった薬草茶などを主に扱うんだとよ」

「では、商売敵にはならないか」

「ところが、とんでもねえ話なのさ。これらの茶は、薬として効果があるほか、肌荒れやシミ、シワにも効くというので、若い娘などは、煎茶をやめてこっちに乗り換え始めているらしいぜ」

「では、夕霧屋もずいぶん客を取られるね」

「しかも真ん前に店を構えられるんだ。いまごろ、旦那や番頭は真っ青だろうよ」

野次馬たちはいっせいに夕霧屋を見た。

ちょうどその夕霧屋の表戸が、いつもより遅れてガタガタと開けられたところだった。

第四章　溶けていく人

一

　日本橋や十軒店の通りにも近い、伊勢町河岸《いせちようがし》の前の通りである。河岸に蔵を持つ問屋も多いが、目抜き通りの裏手に当たるので、飲み屋などもあって、一部はちょっとした遊興地のようになっている。

　いまは昼過ぎ。

「あら、さっさ」

　と、艶のあるかけ声が聞こえている。

　声のするところを探せば、そこに小さなやぐらが組まれ、上で若い娘が陽気な笛の音に合わせて、桜が舞い散るような、艶やかな踊りを披露していた。

　それはどうやら、そのわきに新しくできた大型の矢場の、開店に合わせた景気づけのようだった。

「よお、よお」

「うまいぞ、姐ちゃん」

などと声をかける者もいる。

だいたいが、矢場というのは盛り場にあって、決して上品なところではない。矢を射って、的に当てるのだけが楽しみなのではなく、的のわきにいる娘をからかったり、口説いたりして、あわよくばそっと二階の隠し部屋にしけこもうかと、要はそういう淫靡《いんび》な場所なのである。

ただし、さすがにこんな江戸のど真ん中では、そこまでの饗応は難しい。せいぜい、矢を拾う娘の尻に矢を当てて、

「きゃあ」

などと叫ばせ、にやつく程度である。

いま、踊っているのも、そんな役目の娘なのかもしれない。

「なんだ、なんだ。その下手糞な踊りはよお。ぱあっと着物をめくって、ふんどし踊りでもやれ!」

割《わ》れ鐘《がね》を叩くような大声で怒鳴った男がいた。酔っ払いらしい。その熊の下半身みたいに品のないかけ声に、通りにいた人たちはいっせいに男を非難の目で見た。

それから踊る娘に目をもどすと、娘の動きが妙な感じになり、まもなくぴたりと動きを止めてしまった。

「あ〜あ、あの酔っ払いが余計なことを言うから、気を悪くしたんじゃないのか？」

「そうだよ。きっと若い娘の心が傷ついちまったんだ」

そんな同情の声も出た。

だが、次の瞬間――。

見物人たちは、わが目を疑った。

娘の身体がぐにゃりとした。その曲がり方が尋常ではない。魂と骨がいっしょに抜けたみたいな、力の無くし方である。

「なんだ、あれは？」

さらには、顔がだらりと垂れ下がった。

「と、溶けているぞ！」

悲鳴や驚きの声が上がるなか、娘は見る見るうちに、まるで湯に入れた最中《もなか》の皮のように、どろどろと溶け、ついには消え失せてしまったではないか。

「嘘だろう！」

「きゃあ」

通りでは、いつまでも悲鳴がやまなかった。

二

その日の夕方――。

しめと雨傘屋が伊勢町河岸の前の通りにやって来ると、ここらの顔役というか、八割方やくざに近い駕籠《かご》屋《や》の親方で、八兵衛《はちべえ》という男が、生まれて初めて悩んだというような顔をして近づいて来ると、

「しめ親分……」

と、かすれた声で言った。

「なんだよ。駕籠のなかで洩らしちゃったやつでもいるのかい？」

だいたいが、この男が声をかけてくるときは、ろくなことがない。

「そうじゃねえんで。じつは、そこんところで、若い娘が溶けて消えちまったんです」

「もう一回、言っとくれ」

と、しめは八兵衛の顔をじいっと見ながら言った。なにか聞き洩らしや、聞き間違いがあったらしい。

「娘が溶けて消えたんです」

「あんたねえ、ふざけんじゃないよ」

しめは、大男の八兵衛を、下から睨みつけながら言った。

「ほんとなんですって」

「人が、溶けて、消えた？　夏の暑い盛りじゃあるまいし」

「暑いと人が溶けるんですか？」

「溶けそうな気がするときがあるだろう？」

「そういうんじゃなくて、ほんとにどろどろ溶けてしまったんですから」

「お前ねえ、そういうくだらない嘘を言って回ると、お咎《とが》めに遭うよ。少なくとも、ムチで十回は叩かれるよ」

「いやいや。ほんとなんですって。見た者は大勢いるんですから。なあ、矢場の大将、ほんとに消えたんだよな？」

八兵衛は、開店したばかりの矢場のあるじに声をかけた。こいつも、どうせ堅気《かたぎ》の人生は送ってきていない。

「そうなんです。あっしもちゃんと、この目で見ましたから。もっとも、この目を疑いましたけどね」

「いつ？」

「昼過ぎの八つ（午後二時）ぐらいです」

「真っ昼間に？　人が溶けて消えた？」

しめは思いっ切り顔をしかめた。溶けて、というのが嫌である。まだ、スウッと消えてくれたほうがありがたい。

しかも、先日の夜は化け物みたいに巨大な、おそらくは酒呑童子を見かけたのである。夢だったと思いたいが、ちゃんと十手はひん曲がっていたし、その後、根岸に見てもらったあと、新しい十手をもらったばかりである。その酒呑童子の姿が、まぶたの裏に残っているあいだは、変なものを見るのは勘弁してもらいたい。

「幽霊か？　真冬に幽霊が出たのか？」

しめは怒りながら訊いた。

「あっしのかかあが言うには、ウワバミの子どもでも間違って食っちまったからじゃねえかと。ウワバミに呑まれると、身体が溶けるといいますが、そいつはなかから溶かされたんじゃないかと」

「そんな馬鹿な。それで、消えた若い娘ってえのは、どこの娘なんだい？」

「知らない娘です。朝、男といっしょにやって来て、ぜひ、そこで踊らせてくれと言ってきたんです」

「この矢場の女じゃないのかい？」

「違うんです。でも、金はいらないからというので、じゃあ、景気づけにもなるんで、踊らせてみたら、あの始末で」

「あんた、客集めのため、くだらない騒ぎをつくったんじゃないだろうね？」

「違いますって。だいいち、どうやれば、人を溶かすことができるんですか？」

矢場のあるじは、必死で弁解した。

しめと雨傘屋は顔を見合わせた。

「消えたのはそのやぐらの上かい？」

と、雨傘屋が訊いた。

「ええ。どうぞ、じっくり見てください」

矢場のあるじは、やぐらを指差した。

簡単な造りのやぐらである。高さは台のところが人の高さほどで、その下は赤白の幕で覆われている。

「なんのために、こんなやぐらをつくったんだ？」

「それは客寄せの口上でも述べようと思ったんですが」

「下には？」

「一緒に来た男が入って、笛を吹いてました」

雨傘屋は、台の上から階段あたりまで、じっくり眺め出した。

「女の着物も溶けたのかい？」

と、しめが訊いた。

「いや、着物は溶けなかったと思いますよ」

「その着物はどうしたんだ？」

「さあ。とてもそれどころではなかったんでね。でも、もしかしたら笛を吹いてた男が持って帰ったのかもしれません」

一通り眺め終えた雨傘屋が、

「その男の話を聞きたいですねえ、親分」

と、しめに言った。

「ああ、聞きたいね。どうなんだい？」

「それが、どこの誰とかは聞いてないんです。神田神社の氏子とは言ってましたが」

「なんだよ」

と、しめは舌打ちして、

「それで、町方には届けたんだろ？」

と、訊いた。

「いちおう、そっちの本町《ほんちょう》の番屋には行ったんですよ。人が消えたって」

「それで？」

「ふざけるなと言われまして」

「なんてこったい」

だが、しめもさっき、最初に聞いたとき、思わずそう言ったのである。

「どうしましょう、親分？」

八兵衛が情けない顔で訊いた。とても八割やくざの駕籠屋のあるじの顔とは思えない。せいぜい、水っぽくてまずいこんにゃく屋のあるじの顔である。

「いちおう、あたしらも調べてみるが、これ以上、噂にするのはやめときなよ」

「わかりました」

二人は伊勢町堀《いせちょうぼり》に架かる雲母橋《きらずばし》の上に立った。日が暮れかけている。伊勢町堀が夕陽に赤く染まって、狼の遠吠えでも聞こえてきそうな、どことなく物騒な気配が漂い出していた。

「何だったんでしょうね」

雨傘屋がしめに訊いた。

「さあねえ」

矢場をはじめ、通りの店は、どこも表の戸を閉じ出している。それから、しめと雨傘屋は暗くなった通りの横道などを見て回った。

「いったんは消えたけど、また出て来てるかもしれないからね」

と、しめが言うと、

「それじゃあ、おまんまのおかわりですよ」

雨傘屋が笑った。

次の横道に入ったとき、目の前に犬がいた。薄暗い路地だが、そう大きくはない赤犬とはわかった。

「やだよ、おい」

しめは後ずさりした。

見るからに狂暴そうな犬である。

「がるるる……」

と、低く唸っている。

「まずいよ、この犬は」

「まさか、犬わずらいにかかっていないでしょうね」

と、雨傘屋が怯えた声で言った。犬わずらいというのは、いまの狂犬病のことである。もちろん、噛まれて助かった人間はいない。

「もう勘弁してもらいたいね。この前は、酒呑童子で、今宵は、犬わずらいかい。これで、人が溶けたら、あたしはかなりみっともないことになるよ」

「親分。番屋から刺股《さすまた》を借りてきましょう」

「そうしよう」

と、二人がもどりかけたとき、

「え？」

犬に異変が起きた。

犬の身体が崩れるように、ぐにゃりとしぼんだのである。さっきまでの狂暴な気配はたちまち消え失せた。

しかも、どろどろと溶けていくではないか。

「き、消えますよ、親分」

「うわっ、うわっ」

しめと雨傘屋は、切れ切れの悲鳴を上げながら、這うようにして、伊勢町河岸の通りを逃げ出していた。

三

そのころ――。

凶四郎は久しぶりに、小網町《こあみちょう》にある〈瀬戸屋《せとや》〉の隠居家でおこなわれる句会に出席していた。市川に誘われたのだが、予告なしに顔を見せると、師匠のよし乃が、

「あら」

と、軽く目を瞠《みは》った。

じつは、昨夜もちょっとだけ葺屋町《ふきやちょう》の家を訪ねていたのだが、別の場所で会うとやけに新鮮な感じがする。

「どうも、久しぶりで」

凶四郎はしらばくれて、よし乃に挨拶をした。この、他の出席者をだしぬいたような、秘密を楽しむ快感は、なんともいえない。

出席者が揃ったところで、

「今宵のお題は、怪《あや》かしで」

と、よし乃が言った。

「冬にですか？」

瀬戸屋の隠居が意外そうに訊いた。怪かしといったら、夏の季語ではないのか。団扇《うちわ》や、冷やした西瓜《すいか》と並ぶほどの、夏の彩りではないか。川柳にしてしまえば季語はいらないが、なんとなく違和感がある。

「ですから、冬にふさわしい怪かしを」

「酒呑童子はぴったりか」

市川が凶四郎を見て言った。

句作のときは、引き出しを開けたりしない限り、隠居の家のなかを勝手に歩き回ってもいいことになっている。さすがに通二丁目《とおりにちょうめ》でも屈指の豪商の隠居家だけあって、広いし、あちこちにたっぷり炭を継いだ火鉢が置いてある。

凶四郎が、二階の八畳間から、下の池を見たりしながら作句に唸っていると、市川が隣に座って、

「ところで、例のばっさりやられていた浪人者だがな」

と、言った。今宵、凶四郎を誘ったのは、その件で話したいことがあったかららしい。

「ええ。名前もわかってますよ。田所丘之進《たどころおかのしん》と言って、京都から来て夕霧屋で用心棒をしていました」

あの遺体も市川が検死をおこなっていた。

「そうらしいな。それで、おいらは気づかなかったが、あいつの持っていた刀に蠟がついていたんだってな」

「ああ、椀田がそう言ってましたね」

「それで、同じ晩にしめさんが、道に落ちていた恐ろしく太い腕を見たんだろう？」

「ええ。結局、持ち去られましたがね」

「どっちの腕だった？」

「確か、左腕だったと聞きましたが」

「そうか。それで、ちと気になることがある」

「なんです？」

と、凶四郎は持っていた筆を置いた。こうなると、句作どころではない。

「もし、田所とやらが、消えた片腕の持ち主と斬り合っていたとしてな」

「ええ」

「田所がばっさり切り落としたつもりの片腕がだぞ、蠟でできた義手だったりしたら？」

「どういうことです？」

「つまり、抜き打ちで片腕を斬ったとして、それがどさりと落ちたら、斬ったほうもこれで勝ったと油断するわな」

「でしょうね」

「ところが、それは義手で、すばやく抜き放った刀で、田所をばっさり。酒呑童子の得意技なのかもしれねえ」

「なるほど」

夕霧屋に潜入している宮尾によれば、田所というのはかなりの遣い手だったらしい。それがあんなふうに、ばっさりやられていた。だが、いま、市川が言ったようなことが起きていたら、それは大いにあり得ることだろう。腕が落ちていた現場に多量の血の跡があったらしいが、それは田所のものだったのだろう。

そして、酒呑童子が左腕を取り返して行ったのだ。

「じつは、蠟を使って、人の腕や指を作る金創医を知っていてさ」

と、市川は言った。

「蠟で腕を？」

「調べてみたいなら連れてくぜ」

「ぜひ」

「ちっと遠いがな」

と、市川はからかうように言った。

「そんなことはかまいません」

凶四郎がうなずいたとき、下から、

「皆さん、そろそろ」

と、よし乃が呼んだ。

今宵、凶四郎が詠んだ句。

片腕は酒呑童子か夜の底

市川が詠んだ句。

木枯らしや童子が手にした灯《ひ》は消えず

二人とも、選に入ることはできなかった。

四

「ほんとに遠いですね」

と、凶四郎が言った。

「だから、言っただろうが」

市川は、面白そうに笑った。

句会の翌日に、凶四郎と市川がやって来たのは、江戸の中心地から西の方角へ行った ド田舎の、上渋谷村《かみしぶやむら》にある源氏山《げんじやま》という高台である。

いつもより一刻も早く起きて出てきた。それでも陽は傾きかけている。相棒の源次は、本石町の番屋で待機してもらっている。

「しかも、こんな草深い田舎だとはね。患者なんて来るんですか？　まさか牛や馬の医者じゃないですよね？」

「患者はちゃんと来るんだとよ。噂を聞きつけて、腕だの指だのを斬られたやつらが、江戸どころか千住や川崎あたりからも来ているそうだぜ」

「へえ。だが、いいところではありますね」

「だよな」

高台は開墾《かいこん》されて、畑になっているが、ところどころに武蔵野の面影を残す雑木林がある。川も渋谷川だけでなく、何本ものきれいな小川が通っている。冬とはいえ、方々に緑が見られるのも清々しい。

「そこだよ」

市川が顎をしゃくった。

「なるほど」

こぶりの一軒家だが、周囲にはいろんな薬草が植えられている。

「ごめんよ」

市川が声をかけた。

「なんだ、町方の同心さんじゃないか。久しぶりだな」

と言いながら出て来たのは、五十がらみの坊主頭でがっちりした身体つきの男である。慌てて奥へ引っ込んだのは、まだ二十歳くらいの娘だった。自分の娘ではなさそうで、家事の手伝いのほかにも、していることがありそうである。

「どこか斬られたのか？　首以外なら、どこでもつくってやるぞ」

「生憎だが、どこも斬られちゃいねえ。ちっと訊きたいことがあって、仲間の同心を連れて来たのさ」

「そうかい」

「こちらは、名医として知られる渋谷兆外《しぶやちようがい》先生だ」

市川が凶四郎に言った。

「お噂は伺っております」

と、凶四郎は軽く頭を下げた。

兆外の手元を見ると、自分のとは別の手がある。手首から先の左手で、小さいので女の手ではないか。

「それは、女の手ですね？」

と、凶四郎が訊いた。

「そう。馬鹿な旗本が、酔って暴れて、奥方の手を斬っちまったんだと。それで、義手をつくってあげてるのさ」

「蠟ですね？」

「ああ。真ん中に象牙を通しているけどね」

どうやら、それで本体の腕とつなぐらしい。

「木ではつくれませんか？」

「いや、木でもできるよ。義足の場合は、逆に蠟じゃ駄目だ。変形しちまうからな。ただ、木に色を塗っても、なかなか人の手や足には近づけないわな」

「なるほど。いや、それにしても凄い出来ですね」

手の皺、爪の色、指先の渦巻の紋までそっくりに造り込まれている。

「右手とそっくりなわけですね」

「そうなのさ。まず、見ただけでは義手だとわからないよ」

兆外がそう言うと、

「そのかわり代金は桁外《けたはず》れだがな」

と、市川が笑って言った。

「人並外れて太い腕をつくったことはありますか？」

凶四郎は訊いた。

「太いというと？」

「よく育った練馬大根ほどの太さです」

「そういうものをつくった覚えはないな」

「こうしたものをつくることができるのは、兆外先生だけで?」

「いや、わしの師匠は京都の蘭方医である広瀬兆海《ひろせちょうかい》とおっしゃる方でな。その人なら、つくることができる」

「なるほど、京都ですか」

酒呑童子が京都から来たことは、充分考えられる。その広瀬兆海につくってもらったのではないか。

「それと、もう一人、厄介な男がおってな」

と、兆外先生は眉をひそめた。

「やっかいな男?」

「人形師なのだが、焼き物やしっくいで作るだけでなく、蠟でつくってみたいと、わしのところにやって来た。いままで弟子など取ったことがなかったので、わしも嬉しかったのだろうな。それで、型の取り方から、色の混ぜ具合まで、秘伝のようなことも教えてやった。ところが、あいつには、どうも性根の悪さを感じてな。見世物にするくらいならいいが、よからぬことを考えている気がするのさ」

「そいつは腕だけでなく、顔もつくれますか?」

「つくれるよ。もともと人形をつくっていたのだからな」

「それで悪事ねえ」

どんな悪事になるのか、なかなか想像しにくい。

「いまは、教えなければよかったと後悔している。なにか悪事に使うつもりではと心配しているのだ」

「そいつの名前や住まいはわかりますか？」

「名は舟次《ふねじ》といって、確か本所《ほんじょ》の緑町《みどりちょう》に住んでいるとか言っておった」

「それだけ聞けば大丈夫です。探りを入れておきますよ」

凶四郎がそう言うと、兆外はホッとした顔をした。

五

夕霧屋の前に店開きをすることになった桐壺屋だが、もちろん料亭のままでは商売ができない。茶問屋にふさわしい店にするための改修工事がおこなわれている。

前面を覆っていた黒板塀《くろいたべい》は撤去され、前庭になっていたところも松の木や植え込みもすべて取り除かれた。

通りが急にがらんとした感じになったが、そこにはたちまち頑丈そうな柱が立ち、屋根が伸び、壁が塗られ、板戸がつくられた。さらに、棚ができ、そこにさまざまな色やかたちの茶壺が並ぶと、いかにもお洒落な、若い娘が入りたくなるような、店構えになっていった。

茶問屋だけに、前の夕霧屋と店構えはよく似ているのである。が、こちらが新しいだけに、夕霧屋が急に、ひどく古めかしく見えてしまう。また、のれんの色が、夕霧屋の黄緑色に対抗したような桜色であるのも、華やかさや楽しさを感じさせるのだった。

店開きはまだだが、改修が進むにつれ、ここで働く手代や女中たちも、ちらほら姿を見せ始めていた。

そんなようすを夕霧屋の前に出て眺めていた宮尾が、

——え？

と、目を瞠った。

なんと、夕霧屋を辞めて行ったおこうがいるではないか。

「おこうちゃん」

宮尾は思わず声をかけた。

「あら、あのときの同心さま」

「しっ。わたしが同心てことはないしょにしてくれないか」

「そうなんですか」

「いまは、夕霧屋の用心棒になっているんだ」

「まあ」

「でも、おこうちゃんは桐壺屋で働くのかい？」

「そうなんですよ」

「まさか、前に辞めたという二人も？」

「よく、わかりましたね」

「引き抜かれたってわけか」

「あたしたちも気はひけたんですよ。なんせ、真ん前でしょ。でも、お給金を三倍出すって言われちゃって。しかも、夕霧屋は老舗だけに、いろいろ面倒なことが多いし、あの女将さんがかなり変わった人なのでけっこう苦労が多いんですよ。でも、桐壺屋はいろんなところが新しくて、旦那さまも番頭さんたちも若いので、あたしたちの頼みごとなんかも聞いてもらえるんですよね」

「なるほどねえ。ところで、わたしは内部に入って、いろいろ調べているんだけど、どうも夕霧屋になにかしようとしている者がいるみたいなんだよ」

「でしょうね」

「二十年前あたりの夕霧屋のことを知っている女中さんを誰か知らないかい？」

「ああ、それならおまつさんのほうが、あたしより知っているかもしれません。呼んできますよ」

「いやいや、ここで話を聞いているとまずいので、裏に回るよ。裏に連れ出してくれないかい」

と、宮尾が手を合わせると、

「わかりました。じゃあ、裏で」

と、おこうはなかに引っ込んで行った。

それから宮尾は、町内をぐるりと回って、桐壺屋の裏に来た。こちらは黒板塀はまだそのままで、なかでは蔵が建てられているらしい。

ギギッと音がして、黒板塀の一部が開くと、なかからおこうともう一人の女が顔を見せた。

「宮尾さま。こちらは、おまつさん」

「悪いね、おまつさん」

宮尾は人懐っこい笑みを見せた。この効果は、自分でもわかっている。

おまつは、おこうより五歳ほど歳上か、生真面目そうに頭を下げ、

「夕霧屋の二十年くらい前のことですか。あたしも、あそこで働き出したのは八年くらい前なので、直接は見聞きしていないんです」

「だろうね」

「ただ、あたしが入ったとき、ずうっと女中頭をしていたお染《そめ》さんという人がいて、その人からいろいろ聞いた話があります」

「おきんさんじゃなくて？」

おきんさんから聞いたという話は、いま夕霧屋にいるおうめから聞いている。

「その前の女中頭だった人です」

「それはぜひ、聞きたいねえ」

「二十年くらい前というと、たぶん、女将さんが替わったころだと思います。前の女将さんだった人は、京都から来られた人で、なんていうのか、おっとりというか……」

「はんなり？」

「ああ、京都ではそういうんですよね。ええ、そのはんなりした感じの人で、女中たちにも好かれていたんだそうです。それで、その女将さんに初めての子ができて、難産だったらしいんですが、産まれたのが……」

おまつがそこで言葉を区切ったので、

「やだ。怖い。お化けでも、産んだの？」

と、おこうが言った。

「そんなんじゃなくて、ものすごく大きな赤ちゃんだったんですって」

「なるほど」

宮尾は初めて聞いたようにうなずいたが、その話はすでに土久呂から聞いている。

「ただ、そのときに旦那さまが信仰している、なんとか神社といったところから来ていた巫女《みこ》さんが、未来を見通す力があるというので見てもらうと、この子は将来、この店に災いをなすと予言したんですって」

「ははあ」

「そこへ前の番頭さんだった喬蔵さんて人がいろいろ助言とかして、子どもを産んだばかりの前の女将さんを、追い出してしまったそうなんです」

「それで、そのまま後釜に座った巫女さんというのがいまの女将さんか」

「そうなんです。あたしも、あそこにいるうちは、恐くて言えなかったんですけど」

と、おまつが言うと、

「いまの女将さんが巫女だったというのは、あたしも聞いていた」

と、おこうは言った。

「それで、追い出された女将さんは、宇治に帰ったんだって?」

宮尾が訊いた。

「はい。なんでも女将さんの実家というのは、茶問屋とかでなく、小さな茶店みたいなところで、旦那は商売で宇治に行ったとき、そこで見初《みそ》めたらしいんです」

「そうか」

「ですから、娘を追い出すようなことをされても、あまり文句も言えなかったんでしょうね」

「あるいは、当時の番頭が、適当な金で黙らせたのだろうな」

と、宮尾は言った。たぶん、それは当たっている気がする。そして、宇治に追い払われた赤ん坊が、いま、酒呑童子となってもどって来たのではないか。

「この桐壺屋の旦那も、宇治の出なんですよ」

と、おまつが言った。

「なんだって？」

「あ、あそこにいるのが旦那さまですよ」

おまつはわずかに開いていた戸の隙間から、なかで蔵造りの作業をする大工たちにてきぱきと指図する若い男を指差した。

「あれが、桐壺屋をわずか四、五年でここまでにした光右衛門《こうえもん》さんです」

「へえ、そうなの」

桐壺屋光右衛門は、むしろ小柄なくらいの身体だった。いかにも遣り手の若い商人には見えても、まるで酒呑童子には見えなかった。

六

翌朝——。

南町奉行所裏手の根岸の私邸に、土久呂凶四郎としめ、雨傘屋のほか、珍しく椀田豪蔵が顔を出して、根岸と朝食を共にしていた。

いつも変わり映えしない朝の膳だが、今朝は妙な小鉢がついていた。

「なんですか、これは?」

しめはびくびくしたようすで、根岸に訊いた。しめはこのところ立てつづけに、巨大な酒呑童子や、溶けて消える犬を見たりして、なにか気持ちがもろく、崩れやすい感じがしているのである。

「ああ、それか。昨日、五郎蔵《ごろぞう》が届けてくれたものでな。なんだと思う?」

しめは小鉢を持って、鼻を近づけ、匂いを嗅《か》いだ。なにやらを味噌で煮つけたらしいが、見た目がなんとなくよろしくない。

五郎蔵というのは、根岸の若いころの盟友で、いまは江戸の水運業の大立者《おおたてもの》になっている男である。なので、山のものではない、海か、川のものだというのは想像がつく。

「貝ですか?」

「近いが、貝ではないな」

「魚の内臓かなにかで？」

「ちょっと遠ざかったかな」

「目玉じゃないですよね」

「目玉じゃないよ」

と言って、根岸は一つ箸でつまみ、口に入れた。

「教えてくださいよ、お奉行さま」

「口に入れたら、わかるかもしれぬぞ」

「このあいだまでならやれたかもしれませんが、今朝はちょっと……」

しめは珍しく、情けなさそうな顔をした。

じつは、しめは昨日一日、娘のおつねの嫁入り先である神田皆川町《かんだみながわちょう》の辰五郎《たつごろう》の家に入《い》り浸《びた》っていたのである。あんな恐ろしいものを見たのは生まれて初めてで、安心できる場所で、心を休めたくなってしまったのだった。したがって、犬が溶けた件も、雨傘屋から根岸に報告しておいてもらっていた。

「はっはっは。さすがのしめさんも、つづけざまに、気味悪い思いはしたくないか。じつは、これはイソギンチャクなのさ」

「イソギンチャク！」

しめだけでなく、椀田でさえ、

「げっ」

という顔をした。

「安房《あわ》の漁師たちが珍味として食べているものを、五郎蔵が届けてくれたのさ。イソギンチャクには毒があるものもあるらしいが、これは大丈夫らしい。うむ、こりこりして、磯の香りがする。確かに珍味だな」

根岸が食べているのを見て、皆、口に入れたが、

「なるほど」

「珍味ですね」

とは言っても、

「うまい」

という者は誰もいなかった。

「では、土久呂の話を聞こう」

根岸に促され、凶四郎は死んだ田所という浪人者の刀に残っていた蠟の疑念と、市川一岳の助言から上渋谷村の金創医・渋谷兆外を訪ね、蠟でつくった精巧な義手を見たことを手短に告げた。

「ほう。義手はそれほど精巧なのか?」

「それは見事なものです。腕などは、血の道のふくらみが見えるばかりか、産毛まで生えているのです」

「なるほど」

「それで、その兆外先生の師匠が、京都にいる広瀬兆海という蘭方医なんだそうです」

「京都のな。面白いではないか」

凶四郎はさらに、渋谷兆外が心配していた舟次という者についても語った。

「なるほど、人形師が蠟細工の技を学んだわけか」

根岸はそう言って、しめのほうを見た。

しめは、根岸を見て、

「お奉行さま、もしかして？」

と、啞然とした顔で言った。

「そうさ。意外に簡単に、しめさんを怖がらせた仕掛けの正体がわかったではないか」

「蠟細工だったんですか」

と、しめが言うと、

「あの犬が、あまりにも本物そっくりだったので、まさか蠟細工とは思いもしませんでした」

と、雨傘屋が言った。

「娘が溶けて消えたというやぐらの下は、幕で覆われていたのだよな？」

根岸がしめに訊いた。

「そうです。それに、やぐらの裏あたりは、通りからは見えにくくなっていました」

「だろうな。当初は、本物の娘が踊っていたが、酔っ払いが喚いた隙に蠟人形と入れ替わった。蠟人形は、下の人形師が操ったが動きを止め、そこへ下からろうそくの炎でも近づけ、溶かしたのだろう。もちろん、蠟人形は相当薄くつくっておいたに違いない。下に油紙や布でも敷いておけば、溶けた蠟も、きれいに片付けることができる。娘と、舟次という人形師と、酔っ払いに化けてもう一人と、まあ、最低、三人がいれば、やれることだわな」

「ほんとだ」

と、しめは手を打った。

「お奉行さま。そういえば、犬が現われたところは、湯屋のわきで釜の熱が通りにいても熱いくらいでした」

雨傘屋が言った。

「そうだったか」

「あんな唸り声は、陰に隠れてやっても、あっしらはてっきり犬が唸ったと思い込んでしまいますよ」

「そういうものさ」

「じゃあ、その舟次ってのが、矢場のやぐらで踊る娘を消し、あたしらの前で、犬を消してみせたとして、そんなくだらないことをするのが目的だったので？」

「いやいや、その踊る娘も、しめさんが見た犬も、これからしでかす悪事の伏線に決まっているさ」

　根岸は笑って言った。

「まさか、舟次たちは酒呑童子の一味なので？」

　しめは、さらに訊いた。

「いや、それはないだろう。酒呑童子の狙いはあくまでも夕霧屋ではないかな」

「お奉行。舟次の家は、本所緑町というのはわかっていますので、ひっ捕らえてしまいましょうか？」

　と、凶四郎が訊いた。

「いやいや。本番をしでかすのを待ってからでいいさ。この手の悪党は、人を殺めたりはしないはずだ。いちおう、家は確かめておいてくれ」

「わかりました」

「それで、椀田は宮尾からなにか聞いておるのだな？」

と、根岸は椀田を見た。

椀田はうなずいて、二十年前に夕霧屋で起きた詳しいできごとと、桐壺屋のあるじが宇治の出身であること、しかしながらまるで酒呑童子には見えない小柄な若者であることなどを報告した。

「なるほどな。それで、ずいぶん見えてきたな」

と、根岸は言った。

「酒呑童子の正体がですか？」

「うむ」

「桐壺屋のあるじですか？」

「そうかもしれぬ」

「ですが、桐壺屋のあるじは、わたしも宮尾の話を聞いたあとで確かめましたが、ふつうより小柄なくらいの男でしたよ」

「それは、大きく産まれた赤ん坊が、巨大に育つとは限らぬさ。どんどん追い越されて、小柄な大人になったなんて話はいくらでもある」

「すると、あいつが操る子分に、巨大なやつがいるわけですか？　だが、いまのところ、そんな子分みたいなやつも見当たりませんよ」

「ま、その件も含めて、まずは、夕霧屋と桐壺屋に会ってみよう」

と、根岸は言った。

七

根岸が言った本番というのは、さっそくこの日のうちに起きたのだった。

そこは、この前、踊る女が溶けて消えた矢場の二つ隣の店だった。伊勢町河岸に蔵を持つ、〈讃州屋《さんしゆうや》〉という代々の薬種問屋である。

ちょうど、荷舟で高級三温糖《さんおんとう》が運び込まれてきたところだった。砂糖はおもに、薬種問屋で扱われているのだ。

「お届けです」

舟から降りてきた男が、店のなかに声をかけた。

「おお、これは、これは。ご苦労さんでした」

と、番頭が出て来て、

「まずはなかで一服してくださいよ」

「いやあ、番頭さん。申し訳ないのですが、いまから急いで、沖の船までもどらないといけないんです」

「うん、そうか、そうか。もちろん代金は用意してあるよ」

番頭がそう言ったとき、店の前に荷車が止まった。木箱がいくつも積んである。ほかの薬種が届いたらしく、誰もそちらは気にかけなかった。

ところが、荷車を引いて来た一人が、

「ううっ、身体が変だ」

と、店のなかに倒れ込んで来た。

「どうしたんだい？」

手代がそう言って、近づきかけたとき、その後ろで、荷車に寄りかかるようにしていたもう一人の荷車引きの男の顔が目に入った。

「えっ」

男の顔が溶け始めていた。

さらに、その横では女の悲鳴が上がった。

「この人、溶け出しているわ」

荷車の後ろに立っていた女の顔もどろどろと歪みながら溶け出し、さらにはぐにゃりと曲がるように倒れ込んだ。

「これは、人溶け病だ！　うつるぞ」

最初に倒れ込んだ男が起き上がりながら叫んだ。

「う、うつるのか？」

手代が訊いた。

「そばに寄っただけでうつるらしい」

苦しげにそう言いながら、男は帳場のほうへ助けを求めるように近づいて行った。

「うわっ」

番頭が腰を抜かすようにしながらも、這って奥へ逃げた。この店の者は、矢場のやぐらで娘が溶けて消えたことを誰でも知っているし、町方の女岡っ引きも、犬が溶けて消えるのを目の当たりにしたことも聞いている。

「溶けるぞ、溶けるぞ!」

隣の店の手代も、叫びながら逃げた。一人がこうなると、もう、周囲はたちまち大騒動となる。

「た、助けて!」

「逃げろ!」

皆、逃げた。荷舟に乗ってきた取引先の男まで、訳もわからず逃げた。恐怖というのは、理由もなしに、伝染してしまうのである。

番頭まで逃げた。

その隙に、最初に倒れ込んだ男は、番頭が持ってきていた金箱をかっさらっていた。

八

それから半刻ほどして——。

本所の緑町に土久呂凶四郎が急ぎ足でやって来た。

凶四郎は、伊勢町河岸の讃州屋で起きた騒動の原因を調べるために、本町の番屋に呼ばれたが、ろくに調べもせずに、

「下手人はわかっている。盗まれた金を取りもどしてきてやるよ」

と、駆け出してしまったのだった。

緑町一丁目の、下駄屋のわきの路地のところに来て、

「どうだ？」

凶四郎は、待っていた源次に訊いた。

「さっき、へらへら笑いながらもどって来ました。お奉行さまの言った通りで、三人組のなかに女が一人いました」

「よし」

路地をくぐって、その家に近づいた。

「家のなかは、人形だらけです。不気味なくらいですよ」

と、源次が小声で言った。先に、家のなかものぞいておいたのだ。

「裏口は？」

「ありません」

なかから声がしている。

「いやあ、面白かったなあ、兄貴」

「おう、うまくいったな」

「蠟もうまく溶けただろう。箱のなかから、熱風を送るのは、けっこう大変だったんだぜ」

「ああ、うまくやってくれたよ」

「あの慌てっぷりといったらなかったわね」

と、言って笑ったのは女の声。おそらく、矢場のわきのやぐらで踊り、溶けていなくなってみせたのは、この女だろう。

「あのマヌケな女岡っ引きも、だいぶ騒ぎ立ててくれたからな。もう、あのあたりじゃ、知らねえ者はいなかったはずだ」

と、嬉しそうに言ったのが舟次だろう。とてもしめには聞かせられない。

「いくら入ってるんだい？」

女が訊いて、舟次が金箱を開けた気配である。

「おう、切り餅が十四だ」

「三百五十両か」

「三年は遊んで暮らせるよ」

また、笑い声が起きた。

凶四郎と源次はうなずき交わし、

「御用だ。神妙にしやがれ」

と、いきなり踏み込んだ。

三人は、唖然とした顔で、凶四郎を見た。

「え？」

「讃州屋から、金箱を奪い取っただろう」

「あ」

男二人が慌てて逃げようとするのを、凶四郎が十手で舟次の首を殴り、源次がもう一人を、やはり十手で腹を殴った。

「むぎゅう」

「うぐうぐ」

と、二人は呻きながら、崩れ落ちた。

「なんで、こんなに早く？」

と、横たわった舟次は呻きながらも不思議そうに言った。

九

この日の夕方——。

根岸はまず、十軒店の老舗・夕霧屋のほうを訪ねた。伴ったのは、椀田豪蔵にしめと雨傘屋の三人だけである。

「南町奉行所の根岸だ。あるじに会いたい」

「お、お奉行さま」

番頭が慌てて二階に、あるじの伊左衛門《いさえもん》を呼びに行った。

「どうぞ、こちらへ」

奥の部屋へ通された。廊下の先に、中庭や蔵が見えた。

宮尾には伝えていなかったので、奥のほうから驚いて根岸を見ていたが、むろん根岸は素知らぬふりである。

「ただいま、お茶を」

番頭が言うのに、

「わざわざ茶飲みに来たのではないぞ。あるじと、それに女将とも話をしたい。顔を出すように伝えよ」

厳しい声で言った。

「ははっ」

すぐに、寝ていたらしい伊左衛門と、顔全体を吊り上げたような顔をした女将が来て、並んで平伏した。

「夕霧屋」

「ははっ」

「そなた、だいぶ怯えているようではないか？」

「は」

「なんに怯えておる？」

「なんに？」

なんとかしらばくれようと、視線を左右に動かした。

「正直に申せ！」

「ははあ、申し上げます。じつは、これが当家を酒呑童子が襲うという予兆を感じたと申しましたので」

と、女将を指差した。

「ほう。女将は本当にそんな予兆を感じたのか？　わしに嘘を申すと、当然、手が後ろに回ることは覚悟いたせよ。いま、わしの手の者が八方、手を尽くして、この店のことを調べておる。嘘をついても必ず明らかになるぞ」

根岸は明らかに威厳を込め、二人を威圧しようとしていた。この迫力に、老舗とはいえ、商人とその女将が耐えられるはずがなかった。

「申し上げます。じつは、わたしどもの倅《せがれ》が、ひと月ほど前に、吉原で遊んで帰るとき、酒呑童子を名乗る大男に、近いうちにお礼参りに伺うと告げられたのだそうです」

と、女将が答えた。

「ほほう、酒呑童子にな」

「はい」

最初から、酒呑童子を名乗っていたらしい。

「酒呑童子というのは、大昔に大江山に棲み、悪さをして源頼光とその四天王によって退治された鬼であろう」

「はい」

「その酒呑童子を知っているのか？」

「いえ」

「では、なぜ、酒呑童子はお礼に伺うと言ったのを、襲うというふうに言い換えたのだ？」

「思い当たる者がおりまして」

「そうよな。二十年前、そなたたちが追い払った大きな赤ん坊だ」

「……」

女将の目が見開かれ、顔色は青と赤のまだら色になった。

「そのときにした予言が当たったと思ったわけか？」

「予言？」

「そなたは巫女をしていた。それで、この赤ん坊はやがて店に災いをなすと予言したのだろうが。あれは嘘だったと申すのか？」

「いえ。あれは、番頭の喬蔵がそう言えと申したので」

女将がそう言うと、あるじの伊左衛門は、

「そうなのか？」

と、目を剝《む》いた。

「そなたと喬蔵はどういう関係だ？」

根岸は女将に訊いた。

「喬蔵は叔父です」

「であるな」

根岸がうなずくと、伊左衛門は、

「知らなかった」

と、女将を非難の目で見た。

「それで、そなたは倅の話を聞き、酒呑童子を名乗った者の正体に気づいたのだな？」

「ほかに考えられませんでした」

「なぜだ？」

「じつは、前の女将さんがここを出て行くとき、この子は酒呑童子みたいになって、ここに舞い戻るかもしれませんよ、と言い残して行ったもので……」

と、女将は言った。

「そうよな。それで、そなたは亭主に予言を言い、亭主は怯えて、ちょうど京都から来ていた用心棒三人に、そのまま江戸にいてもらって、店を守ってもらおうとしたわけだ」

「そうです」

と、伊左衛門はうなずいた。

「そなたは、その後も仕事で京都には何度も行ったりしたのだろう。そのおりに、追い払った倅のようすを確かめたりはしなかったのか？」

「処置は番頭にまかせておきましたので」

「たいした親心だな」

「それで、そなたは酒呑童子になにをされると思った？」

「うっ」

「最初は押し込みかなにかかと」

「だが、かつての番頭の喬蔵が妙な死に方をし、用心棒の一人も見回りの途中で斬り殺されたわな」

「はい。それで、もしかしたら、一家どころか、店じゅうの者が皆殺しにされるのかと、恐くなってきました」

「そうするかもしれぬぞ」

根岸がそう言うと、伊左衛門はわなわなと震え出し、女将は、

「きいっ」

と、叫んで逃げ出そうとした。

だが、しめがすばやく女将に飛びついて、黙ったまま二発ほど頬を張り、元の席に座らせた。

「落ち着け、夕霧屋。そのようなことは、わしらがさせぬ。しばらくのあいだ、わしの手の者を、店の護衛に当たらせる」

「ありがとうございます」

「だが、夕霧屋。わしなら、お礼参りで皆殺しなどということはせぬな」

「は？」

「わしなら、正々堂々と、この店をつぶし、乗っ取ってしまうだろうな」

根岸はそう言って、部屋全体から、廊下の先の中庭あたりまでを眺め回したのだった。

十

つづいて、根岸はすぐ前の店に行き、桐壺屋と会った。

「南町奉行の根岸だ」

「お奉行さま……」

「そなたにいろいろと訊きたいことがあってな」

「では、奥へ」

なかはまだ、料亭だったころの面影が残っていて、根岸が通された部屋も、花鳥風月を描いた襖絵に囲まれていた。

「桐壺屋光右衛門と申します。このたびは、わざわざお運びいただきまして……」

と、堅苦しい挨拶をしそうになるのを、

「そんなに堅くならなくともよい。いくつになる？」

と、根岸は訊いた。

「二十一になりました」

「それでこれだけの店のあるじか。たいしたものだな」

「いえ」

根岸の真意がわからないのだろう。桐壺屋は不安げな顔である。

「わしなどは、そなたの歳のころは、どうにもこうにも、箸にも棒にも掛からぬ愚かな若者だった。それでも、これではいかんとは思い始めていたかな」

根岸は砕けた口調になって言った。

「はあ」

「さすがに人殺しまではしておらぬが、一歩間違えば人を死なせたかもしれぬ喧嘩はずいぶんした。まあ、それなりに理由はあったが、盗みに近いようなことも何度もやっている。夜中に若いころのそうした数々を思い出すとな、『うわあ』と声が出てしまうことはしょっちゅうあるよ」

「そうなのですか」

と、桐壺屋はようやく笑みを見せた。

「二十一のとき、わしはまだ武士にはなっていなかった」

「え？」

「あまり他人には話しておらぬが、わしはもともとは武士の育ちではない」

「そうなので？」

「武士の身分は金で買った」

「なんと」

「だから、わしも商売には興味がある。世のなかを動かす金の力にも、注意を向けているつもりだ」

「ええ」

それは同感だというように桐壺屋はうなずいた。金は贅沢のためではない。金は力なのだった。

「桐壺屋は商売を始めて何年になる？」

「実家が京都の宇治で、小さな茶店を営んでおりまして、わたしは子どものころから、一杯数銭の茶を、どうやればもっと儲かるようにできるか、そんなことばかり考えている子どもでした」

「それはたいしたものだ」

「なので、いつからと訊かれましても」

「たいした商才だな」

「そうでしょうか」

「だが、大店の若旦那に生まれ育っていたら、そうした才は発揮できなかったかもしれぬな」

「そうかもしれません。もしかして、お奉行さまは、わたしの出自についてご存じなので？」

と、桐壺屋は訊いた。

「ああ、知っている。そなたの父は前の夕霧屋のあるじ伊左衛門だ」

「……」

しばらく沈黙したあと、桐壺屋はうなずいた。

「母から聞いていたのか？」

「わたしが十五の歳くらいになって、母が亡くなる前に聞きました」

「そうだったか」

「本来は、江戸の大店の若旦那になるはずだったと」

「それがなぜ、京都に追われたのか、理由は？」

「番頭の策略だと思っていたようです」

「母は伊左衛門のことを恨んでいたのか？」

「恨んでいました」

「母の恨みを晴らしてやりたいと？」

「そうも思いました」

「そなたはずいぶん大きく生まれたらしいな？」

「五、六年前までは、バケモノみたいに大きいと言われていましたが、ぴたりと伸びが止まりました」

と、桐壺屋は苦笑して言った。

「母は、そなたは酒呑童子となって戻って来ると言い残したそうだぞ」

「はい。その話もしていました。背丈の伸びが止まってがっかりしたかもしれません」

「夕霧屋にはいま、若旦那がいる」

「はい。たびたび吉原帰りを見かけます」

「羨ましいか？」

「ないこともありません。気軽に遊んでいても、周囲に助けてもらえるのですから」

「そんな境遇はつまらぬぞ」

「そうかもしれません」

と、桐壺屋はうなずいた。

「だが、それと恨みを晴らすことは別か？」

「ええ。もっともいまでは、商いそのものに面白さを感じているかもしれません」

「だろうな」

と、根岸はうなずき、

「出前小僧はそなたの企みだな？」

「はい」

「夜鳴きそば屋がいっしょだったろう？」

「わたしです」

「小僧は？」

「わたしと似たような境遇で、いま、小僧として使っているものです」

「小僧が捕まりかけたことがあって、そのとき酒呑童子が出現したそうではないか？」

「そうなので？　それはわかりません」

「そうか」

桐壺屋は酒呑童子を見ていなかったらしい。

「元の番頭にも恨みはあるか？」

「多少はありますが、なんでもかまいたちで死んだと聞きましたが」

「かまいたちではない。殺されたのだ」

根岸がそう言うと、桐壺屋はいったん俯《うつむ》き、

「ははあ。もしや、その件でわたしをお疑いなので？」

と、上目使《うわめづか》いに訊いた。

「いや。そなたを疑ってはいない。だが、そなたの境遇を誰かに語ったことはない

か？」

「誰か？」

「身の丈は、七尺近くある大男だ。しかも、かなりの剛力《ごうりき》で、剣の腕も立つだろう。

だが、巨体が目立つし、怖がられるので、昼はあまり出歩かないかもしれぬ」

根岸がそう言うと、桐壺屋はハッとなって、

「ああ、思い当たる人はいます」

「どんな男だ？」

「源蔵という京都にいたときの友だちです」

「友だち？」

「わたしは、薬草茶のことを学ぶため、一年ほど、広瀬兆海先生という蘭方医のと

ころに弟子入りしていたことがありました。そこに、怪我で左腕を失った源蔵が患

者として来ていたのです」

「そうか」

「広瀬兆海先生は、源蔵のため、蠟で義手をつくりました。そのとき、源蔵はいつ

か、片腕を斬った者に復讐をするのだと言い、わたしはわたしを捨てた父へ復讐を

すると語り、話が合ったのです」

「それは合うだろうな。源蔵は、自分のことはどんなふうに語っておったのだ」

「武士ではないと言ってましたが、わたしは間違いなく武士の生まれで、それも決して身分は低くないと思っていました」

「どこの生まれだとかは？」

「京都に来るまで、方々を転々としたそうです。だが、言葉使いから、わたしは江戸の生まれだと思っておりました」

「復讐の相手は言わなかったのか？」

「言いませんでした」

「そなたは話したのだろう？」

「はい。かなり詳しく語ったと思います」

「なぜ、源蔵は言わなかったのかな？」

「もしかしたら、わたしよりも恨みや憎しみが深かったのかもしれません。人は、あまりにも深く人を恨んだり憎んだりすると、逆にそれを口にはしないのかもしれません」

「わしもそう思う。さらに、源蔵はその恨みや憎しみを、何度も押し殺そうともしたのかもしれんな」

桐壺屋は思い当たることがあったようにうなずいた。

「それで、源蔵とはその後も会ったのか？」

根岸はさらに訊いた。

「二年ほど前までは、ときおり会ってましたが、わたしは商いが順調に進み、あまり相手ができなくなりました。それに、源蔵の復讐法というのが、とにかく残虐に殺したいというふうになっていたので、わたしが咎めるようなことを言うと、だいぶ気を悪くしたみたいで、それからは会わなくなってしまいました」

「では、いま、どうしているかはわからぬのか？」

「わかりません」

「源蔵は江戸にいるよ」

「そうなので？」

根岸はつぶやくように言った。

「しかも、意外にそなたのそばにな」

「ははあ」

終章　酒呑童子参上

一

桐壺屋を出ると、根岸は歩きながら、

「桐壺屋は、真ん前の料亭を手に入れるのでは、多少策を弄したが、それもぎりぎり許されるだろう。ほかは、あくまでも真っ当な商売をして、夕霧屋に復讐しようとしているらしい」

と、言った。

「ええ。結局は、夕霧屋をつぶし、乗っ取ってしまうつもりなのですね」

椀田も歩きながら言った。

「ということは、喬蔵や用心棒殺しは、当然、桐壺屋ではない」

「それが、源蔵ですか？」

「うむ。源蔵が酒呑童子を名乗って、夕霧屋を脅し、すべてを桐壺屋の光右衛門のせいにしようとしているのさ」

「だが、源蔵をどうやって探します？　夕霧屋の周辺を探っていれば、そのうち現われますか？」

「現われる。それに、わしは源蔵が何者かということも当たりがついている」

「そうなので？」

「じつは二年前に、酷《ひど》い殺され方をした旗本がいた。むろん、町方の管轄ではないので、目付のほうが下手人を追っているが、いまだに捕まっていない」

「酷い殺されようですか？」

「言いたくない。片腕を斬られただけではなかったということだ」

「ははあ」

「それと、人は悪事をなすとき、そうそう違う類《たぐい》の悪事は犯さない。同じようなことをしでかすというのは、そなたたちも経験してきただろうよ」

「それはそうです」

椀田がそう言うと、後をついて来たしめと雨傘屋もうなずいた。

「わしの推測が当たっているか、いまから確かめに行く」

根岸はそう言って、銀座四丁目の四つ角を、南町奉行所がある右の数寄屋橋のほうへは曲がらず、まっすぐ進んだ。

二

根岸がやって来たのは、汐留《しおどめ》にある播磨《はりま》龍野《たつの》藩邸《はんてい》だった。

「お奉行。ここは脇坂さまのお屋敷？」

と、椀田が訊いた。

「そう。真相を知る者はここにいるのさ」

「なんと」

根岸が名乗るとすぐに、藩主脇坂淡路守《あわじのかみ》が、じつに嬉しそうな顔で玄関口まで出て来て、

「根岸どの。よく来られた。さあ、どうぞ、どうぞ」

「脇坂さま。じつは、今日はかなり嫌なことを伺いにまかり越しました」

「そうなのか？」

「こちらの若菜源之進と話をさせていただきたい」

「このあいだ、宮尾が来て、話をして行ったぞ」

「ええ。じつは、若菜の父のことで」

「ははあ」

と、脇坂の表情が翳《かげ》った。ある程度の事情はわかっているらしい。

「わしも同席して構わぬか？」

脇坂は訊いた。

「もちろんです。三人で話ができれば」

「わかった」

と、脇坂は一室を用意し、そこに若菜源之進を呼び出して、椀田たちは別の部屋で待機させた。

若菜はすぐにやって来た。見上げるような大男である。根岸を見ると、顔が強張《こわば》った。いままで脇坂の伴《とも》をしたおりにでも、根岸の顔は見知っていたらしい。

「そなたの父と兄のことを聞きたい」

根岸がそう言うと、

「二人のあいだで起きたことは、わたしが若菜家に入ったあとのことでしたので」

と、若菜は辛そうに言った。

「そうじゃな。だが、その後、父と兄のあいだにあったことは知っているな？」

「はい」

「なにがあった？」

「兄は、激昂した父に左腕を斬られました」

「やはりそうだったか」

「父は、兄の弓の腕が上がらぬのに腹を立て、兄もう弓は辞めたい、辞めさせて欲しいと頼んだのだそうです。だが、父は、ならばもう左手は要るまいと」

「なんと」

「兄はそのまま、家を出ました」

「だが、それから五年後、お父上は何者かに、矢で両目を射られたうえに、両手を斬られて亡くなられた」

根岸がそう言うと、わきにいた脇坂がかすかにうなずいた。そのことは知っていたらしい。

「そなたは誰のしわざだと思う？」

「兄がやったのだと思いました」

「わしもそう思う。そして、近ごろ、そなたの兄らしき男が、二つの殺しの件に関わっているらしいのだ」

「なんと」

「一人はかまいたちを装って殺された」

「……」

「先日、当家の宮尾がここを訪れたときは、まさかそなたの兄が関わっているとは考えもしなかったのだ」

「そうでしたか」

若菜が小声で言うと、

「なんと、あの『耳袋』の話がこんなふうに進展するとは、驚いた」

脇坂が愕然として言った。

「それで、源蔵が次に姿を見せたとき、われらは捕縛することになる」

「わかりました。根岸さま。兄者には良からぬ仲間もたくさんできたようで、町方の裁きを受けるのは致し方ありません。ただ、わたしとしては……」

と、若菜が言葉を濁すと、

「そなたに罪はないぞ。根岸どの。それでよろしいな」

すかさず脇坂が言った。

「もちろんです。罪は、源蔵だけで、他家に養子に行ったものに及ぶことはありませぬ」

「いえ。そのようなことではなく、せめて、兄がそんなふうになってしまった辛さだけでも、ご理解いただきたいと」

「むろんだ」

と、根岸はうなずき、さらに言った。

「源蔵は本当に可哀そうだった。親といえども、子をそこまで追い詰めては駄目だ」

三

酒呑童子が夕霧屋を襲撃したのは、それから三日後のことだった。

すでに、内部には宮尾だけでなく椀田豪蔵も潜入させ、さらに皆川町の辰五郎とその子分たち四名が手代を装って、泊まり込んでいた。

また、凶四郎と源次も本町の番屋に待機して、つねに夕霧屋の周辺を警戒した。

椀田は、

「二階から来る」

という予想を捨ててはいなかった。

「二階から来てあるじを叩き起こし、蔵の鍵を奪って、千両箱を運び出すつもりだろう」と。

そのため、あるじの伊左衛門と女房は一階の奥に寝かせてあった。

ところが、じっさいに襲撃が始まると、その手口は、椀田の想像を上回った。

源蔵は本町の火の見櫓《やぐら》に上ると、そこから一町ほど離れた火の見櫓に縄のついた矢を打ち込んだ。蠟製の左腕ではとてもできそうにないと思えたが、こういうときは別の木製の義手を使うらしかった。

矢は二度、打ち込まれた。この矢につながれた縄を、別の火の見櫓にいた仲間が梁に結びつけると、二本の縄が夜の空を横切るかたちになった。そして、その真下に、夕霧屋があるのだった。

源蔵は、この二本の縄を伝って、夕霧屋の屋根の上に降り立った。

そっと降り立ったが、それでも巨体の重みで瓦が割れ、ぎしぎしと家が鳴った。

源蔵は屋根瓦を取り除け、屋根板を破り、さらに天井を破って、ついに二階に降りた。

「酒呑童子参上！」

そう言って、ふだんはあるじ夫妻が寝ているはずの襖を蹴破った。

だが、そこにいたのは、椀田と岡っ引きたちであった。

「御用だ、御用だ」

岡っ引きたちは、提灯と十手を差し出すようにした。

だが、源蔵はそんなものはものともしない。

「うおーっ」

と叫んで、抜き放った豪刀を振り回すと、その剣風だけで、下っ引きが二人、二階から転《と》がり落《よ》ちてしまった。

「待て」

立ちはだかったのは、椀田である。

その巨体に、源蔵は一瞬、目を瞠った。

しかし、まともに対峙すれば、やはり源蔵のほうが一回り以上、大きいのである。

「やかましい」

と、叩きつけてくる源蔵の刀の激しさに、椀田でさえも押し込まれた。

「あるじはどこだ」

喚きながら、源蔵は二階から一階に降り、各部屋を喚きながら駆け回った。

だが、騒ぎが起きるとすぐ、あるじ夫妻から手代や女中たちまで、急いで台所の縁の下に避難させている。源蔵が見つけられるはずがない。

「ぴぃーっ」

辰五郎が呼子を吹いた。

すると、それを聞きつけた土久呂凶四郎に源次、さらには奉行所の中間たちも駆けつけて来た。

蔵の前へとやって来た源蔵を、捕り方が囲むが、まるで取り押さえることができずにいる。

暴れまくるその姿は、まさに妖怪酒呑童子の襲来だった。

一方――。

当てにしていた二人の用心棒は、源蔵の姿を見るやいなや、

「あれは駄目だろう」

「ああ。逃げよう」

と、逃亡することにしたらしい。

「あれ、お二人。戦わぬのか？」

と、宮尾は訊いた。

「馬鹿言え。わしらは押し込みの襲来なら守ってやるが、あんな化け物と戦ういわれはない。京に帰らせてもらう」

「同じく」

と、裏口を開けて、さっさと逃げ去ってしまった。

「なんだよ」

文句を言いながらも、宮尾は源蔵の動きを見つめている。

やがて、機を見て、宮尾は手裏剣を放った。それは過《あやま》たず、源蔵の太い右腕に突き刺さった。一本、二本、三本目が刺さると、ようやく源蔵は筋でも断たれたか、豪刀を取り落とした。

それでも、向かってくる捕り方を、殴りつけ、蹴り上げ、まるで寄せつけない。

こういうときに頼りになるのは椀田豪蔵である。

「おれが相手だ」

と、椀田も刀を放り、素手で源蔵に組み付いていった。

「おりゃあ」

「おっしゃ」

椀田と酒呑童子が、相撲のようにがっぷり組み合った。

巨大な酒呑童子が相手だと、さすがの碗田も頭一つほど下になる。しかし、力では負けていない。

押しつ押されつの取っ組み合いがつづいた。

二人は汗まみれである。夜の空気に、湯気が湧きたつのが見える。

いつまでつづくのかと、見る側も疲れてきたとき、

「とぁあーっ」

気合とともに、椀田が腰をひねると、酒呑童子の巨体が宙を舞い、地響きとともに地べたに転がった。

「それっ」

とばかりに、捕り方がいっせいに、のしかかり、踏みつけ、蹴りつけ、十人がかりでようやく動きを封じることに成功したのだった。

四

がんじがらめに縛られた源蔵が、夕霧屋から路上へと出て来た。

すると、真向かいから、

「源蔵」

桐壺屋が声をかけた。

「おう、お前か」

源蔵は桐壺屋を見て、一瞬、懐かしげな顔をした。

「お前は復讐に成功したではないか。たいしたものだな」

と、源蔵は言った。

「いや、まだだが、もうそれはやめるよ。というか、夕霧屋など相手にせず、自分の商いに打ち込むことにする」

桐壺屋はそう言い、

「お前も成功したそうだな」

「ああ、ずたずたにしてやったよ。やっと気が晴れた。それで、ついでにお前の復讐の相手から千両箱をかっさらって逃げるつもりだった」

「わたしに罪をかぶせるつもりだったのか？」

桐壺屋が少し寂しそうに訊いた。

「とりあえずは、そう見えるようにはした。だが、しょせん、お前の疑いは晴れるだろうと思っていた」

「そうか」

「達者で暮らせ」

酒呑童子らしからぬことを言うと、源蔵は五人掛かりで縄を引かれ、夜の町を睥《へい》睨《げい》しながら歩き出していた。

この小説は当文庫のための書き下ろしです。

編集協力　メディアプレス
ＤＴＰ制作　エヴリ・シンク

文春文庫

耳袋秘帖《みみぶくろひちよう》　南町奉行《みなみまちぶぎよう》と酒呑童子《しゆてんどうじ》

定価はカバーに
表示してあります

2024年4月10日　第1刷

著　者　風野真知雄《かぜのまちお》

発行者　大沼貴之

発行所　株式会社　文藝春秋

東京都千代田区紀尾井町 3-23　〒102-8008
TEL 03・3265・1211㈹
文藝春秋ホームページ　http://www.bunshun.co.jp

落丁、乱丁本は、お手数ですが小社製作部宛お送り下さい。送料小社負担でお取替致します。

印刷製本・TOPPAN

Printed in Japan
ISBN978-4-16-792196-5

文春文庫　最新刊

星落ちて、なお　澤田瞳子
父の影に翻弄され、激動の時代を生きた女絵師の一代記

平蔵の母　逢坂剛
料理屋に突然現れた母。その真偽、そして平蔵の真意とは

猫とメガネ2 ボーイミーツガールがややこしい　榎田ユウリ
一風変わった住人たちのもとへ相談事が舞い込んできて…

桜の木が見守るキャフェ　標野凪
四季の移ろいと人々の交流を温かく描く、再生の物語

アトムの心臓 「ディア・ファミリー」23年間の記録　清武英利
娘の命を救うため、人工心臓の開発に挑んだ家族の物語

陰陽師0　原作・夢枕獏　映画脚本・佐藤嗣麻子
若き日の安倍晴明が事件に挑む！　話題映画のノベライズ

マンモスの抜け殻　相場英雄
介護業界、高齢化社会の絶望と希望を描く社会派ミステリー

神様のたまご 下北沢センナリ劇場の事件簿　稲羽白菟
小演劇の聖地で次々に起こる怪事件を快刀乱麻、解決する

京都・春日小路家の光る君　二　天花寺さやか
強力な付喪神を使役する令嬢と「競べ馬」で縁談バトル！

耳袋秘帖 **南町奉行と酒呑童子**　風野真知雄
道に落ちていた腕の持ち主とは…南町奉行が怪異に挑む！

彼は早稲田で死んだ 大学構内リンチ殺人事件の永遠　樋田毅
革マル派による虐殺事件の衝撃的真相。大宅賞受賞作！

おしゃべりな銀座　銀座百点編
日本初のタウン誌「銀座百点」から生れた極上エッセイ

精選女性随筆集　石井桃子　高峰秀子　川上弘美選
児童文学の第一人者と、稀代の映画スターの名エッセイ